KB043468

배꽃에서 피워 온

김영주의 시간들

배꽃에서 피워 온
김영주의 시간들

김영주 지음

"그네 타는 소녀의 꿈 이야기"

혜화동

1.

저자 김영주는 따스한 인품에 미소가 아름다운 사람이다. 동시에 냉철하고 섬세하며 끈기와 노력으로 맡은 역할에 열정을 다하는 사람이다. 그의 모습은 많은 사람에게 선한 영향력을 전하고, 신앙의 영성에서 비롯된 사랑과 이타적인 태도는 그가 머무는 곳마다 잔잔한 감동을 남긴다. 이 책은 그의 아름다운 소명 의식과 열정으로 가득하다.

_ 김은미 이화여자대학교 총장

2.

저자의 멈추지 않는 도전은 늘 결실과 함께 빛나며, 저자의 열정은 현실의 한계와 저항을 뛰어넘어 자신의 꿈을 실현한다. 이 책을 통해 저자의 인생 전반을 확인하며, 동시에 그의 강렬한 의지와 확고한 전문성, 이화 공동체를 위한 깊은 애정이 진실하고 특별하게 다가온다. 이화의 미래를 향한 그의 노력 끝에 펼쳐질 멋진 변화와 위대한 성장이 기대된다.

_ 윤동섭 연세대학교 총장

3.

기독교 역사에서 가장 선한 영향력을 끼쳤던 사람을 들라면 사도 바울을 들 수 있습니다. 당시 유대 사회에서 성공적인 삶을 살아갈 수 있는 자격과 조건을 가지고 있음에도 예수 그리스도를 인격적으로 만나고 인생의 존재 이유와 목적을 깨닫고 그것을 위해 평생을 헌신하며 살았기에 오늘 기독교의 신학적이고 신앙적인 기초를 세우는 대역사를 이룰 수 있었습니다.

저는 김영주 교수를 보면서 이 바울의 면모를 봅니다. 김영주 교수의 삶 속에서 아버지의 성실함과 어머니의 기대, 친구들의 선한 영향력과 좋은 선생님들을 통한 통찰, 남편의 사랑, 무엇보다 기독교인으로서 예수 그리스도와의 만남 속에서 인격과 삶이 만들어지고 다듬어졌는지 그 과정을 볼 수 있었습니다. 그로 인해 김영주 교수가 어떻게 지금의 실력과 인격과 위상을 가지게 되었는지를 이해할 수 있었습니다.

이제는 받은 선한 영향력을 돌려주는 어머니로서, 아내로서, 친구로서, 교회의 권사로서, 학교의 선생으로서, 학계의 학자로서, 병원의 의사로서 많은 사람에게 롤 모델이 될 김영주 교수의 앞으로의 인생을 기대해 봅니다.

_홍용훈 성북교회 담임목사

4.

김영주 교수는 최근 그의 자서전에서 '조선 땅에 최초의 여성 병원, 보구녀관을 세웠던 스크랜튼 박사와 그 뒤를 이은 로제타 홀 같은 의료 선교사들의 발자취를 따라 우리도 십자가의 길을 달려가자'고 부른다. 이화여대 의과대학과 병원이 세계 의료계에 우뚝 서도록, 동료 의사들과 선후배 의사들과 힘을 합해서 연구와 후배 양성, 그리고 환자 돌보기에 김영주 교수는 최선을 다하였다.

얼마나 많은 임산부가 조기 출산의 위험을 극복하고 건강한 신생아들을 안을 수 있게 그가 도와 왔는가! 또한 그는 가임 여성들의 음주와 흡연, 마약 중독으로 태아 알코올 증후군이 있는 신생아들이 증가하는 추세를 보고, 아시아 최초로 태아 알코올 증후군 예방 연구소를 2021년 대한기독교여자절제회와 연합해서 이대목동병원에 세웠다. 이는 가임 여성들에게 술과 담배, 마약의 해독을 철저하게 교육하여, 신생아의 태아 알코올 증후군을 예방하는 데 있다.

힘든 길을 그가 기쁘게 달려감은 땅에 있는 것이 아니라 위에 계

신 그리스도를 바라보며 겸손하게 달려가기 때문임을 그의 저서
는 생생하게 증거하고 있다.

_ 김정주 대한기독교여자절제회 부회장

목차

PART 1
꿈을 설계하는 시간들

PART 2
새로운 시선으로 문을 여는 시간들

PART 5

여성 건강 연구의 역사를 쓰는 시간들

PART 6

새로운 미래로 향하는 시간들

프롤로그

다섯 살의 어느 날부터 나는 초등학교 운동장에서 혼자 그네를 타기 시작했다. 처음에는 흔들리는 그네에 앉아 노래를 부르는 것이 전부였다. 그러다 누가 밀어 주지 않아도 잘 탈 정도로 익숙해지자 용기를 내어 서서 그네를 타기 시작했다.

양 갈래로 머리를 땋은 다섯 살짜리 작고 어린 소녀는 나풀거리는 치마를 입고 온종일 그네를 떠나지 않았다. 나보다 큰 아이들도 감히 흉내 낼 수 없을 만큼 높이 올랐다가 내려오기를 반복하며 신나고 짜릿한 기분에 시간 가는 줄 몰랐다.

그네 발판에 서서 다리를 힘껏 구르면 조금씩 몸이 떠오르다가 금세 2층짜리 학교 건물 높이만큼 날아올랐다. 그리고 이내 몸이 가벼워지며 가장 높은 지점에 다다르면 학교 담장 너머로 멀리 마을이 보이고 논밭이 펼쳐졌다. 그 순간엔 마치 내 몸이 한 마리 새가 된 것 같았다.

그때 나는 어린 마음이었음에도 높은 곳으로 힘차게 날아오르듯 멋지고 특별한 삶을 살고 싶었다. 그것이 정확하게 무엇인지 알지는 못했으나 나는 그네를 타던 그 시절부터 가슴에 특별한 꿈을 품게 되었다.

다섯 살 아이의 꿈은 그렇게 미래를 향하여 날아올라 내 삶을 관통하는 나침반이 되었다. 길을 잃고 흔들리거나 확신하지 못해 불안할 때마다 그것은 나에게 옳은 방향을 안내했다. 인생의 많은 시간을 헛되이 살지 않도록 노력했으며 성장의 시기마다 목표했던 꿈들을 이루도록 이끌었다.

돌아보니 삶의 초반부는 내가 간절히 원하는 것들을 향해 직진했던 시간이었다. 그네를 타며 품었던 나의 미래는 어떠한 두려움이나 주저함 없는 도전을 향하고 있었다. 한 번 결심하면 성과를 내고야 마는 성격 덕분에 그 과정은 고되지 않았다. 희망으로 마음이 설레었고 내가 이루는 목표들에 행복을 느꼈다.

그렇게 이화의대에 입학하고 의사가 되었다. 그 간절한 꿈을 이루었을 때, 처음엔 그것으로 만족할 줄 알았다. 그러나 그것은 원대한 나의 꿈을 향한 새로운 시작일 뿐이었다. 내면의 여러 질문에도 불구하고 나는 내가 진심으로 원하는 인생의 궁극적인 꿈이 무엇인지 찾아가기 시작했다. 그리고 깊이 탐색하여 성취할 수 있는 삶을 더 강렬하게 이어 가고 싶었다.

삶의 중반부는 나의 소명을 향해 몰입했던 시간이었다. 환자들을 진료하며 그들에게 필요한 치료법의 개발과 예방책을 만들기 위해 절실한 마음으로 밤낮없는 연구의 시간을 보냈다. 덕분에 수많은 논문을 발표했고 나의 분야에서 인정받는 의료인이 되었다. 내 삶은 고단했지만 마음만은 가볍고 행복했다.

영광스럽게도 초대 보구녀관장을 역임했으며, 실험실과 미래 지향의 연구소들을 설립했다. 의료원에 필요한 중책을 여럿 거치면서 다양한 활동과 그로부터 부여받은 역할에 아낌없이 의지를 불태웠다. 부족함이 많았지만 이화의료원의 발전과 재건을 위해 고군분투하던 시간들을 잊을 수가 없다.

그러나 나 역시 나약한 인간에 불과하여 삶이 제공하는 희로애락의 휘둘림에 흔들릴 때도 있었다. 복잡한 속내에서 치솟는 상념들로 휘청거리던 날도 있었다. 나는 이 책에서 그런 나의 과거를 정연한 이야기로 꾸밈없이 담아내고자 했다.

이 글을 쓰는 내내 흩어져 있던 과거의 기억들을 모으고 풀어 내기 위해 집중력을 발휘했다. 동시에 담담한 나만의 문장으로 나의 꿈과 도전과 결과들을 제시하려고 부단히 노력했다. 소중한 과거의 기억을 더듬고 희미한 목록을 뒤적이다 소중한 추억들을 발견하는 기쁨을 누리기도 했다. 그렇게 60년의 삶을 정리했고 그 서사의 과정에서 다시 한번 삶의 고귀함을 깨닫는 시간을 경험했다.

이제 내게 남아 있는 삶의 후반부는 나의 마지막 꿈을 향해 헌신하는 시간이 될 것이다. 나는 1982년 선택받은 이화인이 되었다. 이화의대에 입학한 이후 숙명처럼 여성 지성 공동체의 일원이 되어 이화인의 이상과 철학과 운명을 배우고 익혔다. 이타적이고 숭고한 이화인의 삶과 지덕체의 실천 자세를 추구하며 살아왔다.

특히 의사로서의 소명과 뿌리 깊은 이화인의 사명감으로 여성 건강을 위해 집중했고 여성 삶의 질을 향상시키기 위해 고심했다. 이화의 고뇌에 함께 마음을 기울였으며 겪지 말았어야 할 이화의 고통에 함께 아파했다. 이화의 성장과 발전에 힘을 보태며 더없이 기뻐하고 행복했다. 그렇게 살아온 이화인의 시간이 어느덧 42년이나 되었다.

나에게 이화는 내 삶의 전부이며 내 마음의 모든 공간일 뿐만 아니라 내 이상의 모든 지향점이다. 나는 나를 선택했던 이화를 위해 이화의 구성원들과 마지막 숨을 살아 내려 한다. 이화의 미래를 밝히고 이화의 위상을 더 높이 세우는 데 나의 쓰임을 다하고 싶다.

미진한 글을 엮어 내는 데 관심과 애정을 기울여 준 Lab의 식구들, 그리고 의료원의 교직원과 이화의 모든 식구에게 깊은 감사의 마음을 전하며, 그 과정에 지지와 격려를 아끼지 않은 내 가족에게도 뜨거운 사랑을 드린다.

2024년 새로운 미래를 꿈꾸며,
목동 연구실에서 김영주

인생을 사는 최고의 생존 전략은
실낱같은 꿈 하나를 가슴 속에 심어 두는 것이다.
가슴에 심은 꿈은 아무도 뽑을 수 없다.

- 여훈 『오늘보다 더 나은 내일을 위한 최고의 선물 1』

PART 1

꿈을 설계하는 시간들

01
—
그네 타는 어린 소녀

"목표를 세우면 그 목표가 삶을 이끈다"라는 말이 있다. 목표가 그 사람을 새로운 운명으로 안내한다는 의미이다. 자신의 삶을 주도적으로 살아 내고자 하는 사람들은 의미 없는 시간에 끌려다니지 않는다. 진심으로 자신이 원하는 삶을 살기 위해 명확한 목표를 세우고 그것을 이루기 위해 최선의 노력을 다한다. 자신의 능력을 발휘하여 강력한 열망으로 부지런히 삶을 개척하는 것이다.

그런데 여기서 능력이란 미리 주어지는 것이 아니라 열심히 노력하고 행동하며 몰입하는 과정에서 개발되는 힘을 말한다. 목표를 세우고 실천하는 사람은 숨겨진 잠재력을 개발하면서 마치 운명의 끌림처럼 도전을 멈추지 않는다. 어떠한 시련이나 실패가 있더라도 포기하지 않을 수 있는 강력한 힘을 갖게 되는 것이다. 나

역시 내 삶의 과정에서 그런 경험을 무수히 겪어 왔다. 그리고 그 것은 나의 모든 삶에 중요한 에너지가 되었다.

나는 내가 어떻게 살아가야 하는지를 어린 시절부터 고민했던 것 같다. 사실 궁극적인 삶의 목표와 꿈을 설계했던 것은 성인이 되어서부터였지만 어린 시절의 다양한 경험은 목표를 향해 도전 하는 삶에 나를 기꺼이 적응하도록 했다. 어떤 연유였는지 정확하 게 기억나지는 않아도 목표를 세우고, 꿈을 꾸고 그것을 스스로 성 취할 때의 기쁨은 나의 성장과 성숙의 과정에 동력이 되었다.

"미래는 꿈을 믿는 사람들에게 주어지는 시간"이라는 말이 좋 았다. 어린 마음에도 꿈을 이루기 위한 최고의 방법은 그 꿈을 위 해 끊임없이 실천하는 것뿐이라고 생각했다. 천재적인 능력을 갖 추지 못한 나에게는 오직 끈기와 집념의 노력이 필요했다. 그래서 어린 시절의 나는 무엇이든 악착같이 노력한다는 소리를 자주 듣 곤 했다. 어린 마음에도 늘 노력하면 그만큼의 대가가 따른다고 생 각했다. 때에 따라 만족하기 어려운 결과가 있기도 했지만 절망하 거나 실패했다는 생각은 하지 않았다. 그럴 땐 그 이상의 노력을 더 보태면 된다고 확신했다. 그런 나의 태도와 마음은 삶의 많은 부분에서 견고한 버팀목이 되어 주었다.

1963년 10월 31일, 나는 경기도 안성 죽산리의 작은 집에서 태어 났다. 그 당시 어머니는 안성의 공도국민학교(지금의 초등학교)에서 근무하셨고, 아버지는 서울에 있는 대학교에서 법학을 공부하는 학생이셨다. 아버지는 주말이 되면 서울에서 안성으로 내려오셨는데 나는 늘 아버지가 집에 오시기만을 기다리곤 했다.

어머니와 아버지는 말로만 성실함을 강조하기보다 몸소 행동으로 실천하여 나에게 모범을 보이셨다. 아버지는 늘 "성실한 태도란 신뢰의 문을 여는 열쇠"라고 말씀하시며 사람의 인격은 말이 아닌 행동에서 나온다고 강조하셨다. 그 덕분에 나 역시 누군가에게 말을 앞세우기보다는 먼저 행동하며 귀감이 되고자 노력하게 되었다.

초등학교에 입학하기 전, 나는 종종 어머니를 따라 어머니가 근무하시는 학교에 가서 시간을 보내곤 했다. 학교는 나에게 큰 놀이터나 다름없었다. 글을 일찍 배운 나는 어머니의 업무에 방해가 되지 않는 상황에서 혼자 조용히 책을 읽거나 초등학생 언니들과 어울려 놀았다.

그 무렵 나는 초등학교 운동장에 있던 그네를 매우 잘 타는 소녀로 유명했다. 그네를 타고 까마득하게 높이 올라가는 내 모습을 바라보면서 사람들은 모두 감탄하며 놀라워했다. 나는 그네를 높이 타는 것이 전혀 무섭지 않았다. 나를 보며 감탄하는 사람들의 반응도 기쁨이 되었지만 무엇보다 발아래로 세상이 멀리까지 보이는 순간이 즐거웠다. 그것은 내가 누구보다 더 멀리, 더 높이 날아오른다는 희열을 느끼게 했다. 내 나이 5살 때였다.

어릴적 그네타는 영주

02
—
소녀가 배운 자신감

일곱 살 때 나는 초등학교 정규 입학생이 아닌 청강생으로 1학년 수업을 들었다. 그리고 청강생으로 1학년 과정을 문제없이 마치자 나는 자연스럽게 2학년이 되었다.

당시에는 출생신고를 제때 하지 못해 호적 나이와 달라서, 또는 개인적인 사정이 생겨서 정해진 연령에 입학할 수 없는 아이들이 많았다. 그 때문에 간혹 입학 시기보다 조금 이르거나 혹은 늦게라도 학교에 다닐 수 있었다.

어머니는 경기도 내의 구월초등학교, 송현초등학교, 광명초등학교 등 여러 곳으로 전근을 가셨다. 그 때문에 나도 어머니를 따라 초등학교를 자주 옮겨 다녀야 했다. 어린 시절의 잦은 전학은 나에게 새로운 환경에 적응해야 한다는 부담감을 주었고 늘 긴장하게 했다. 게다가 어느 정도 정이 들면 금방 헤어져야 해서 친구들을 오래도록 깊이 사귀기가 어려웠다. 그것은 어린 나에게 슬픔이 되었다.

초등학교 시절의 나는 유난히 성취욕이 강했다. 모든 과목을 잘하고 싶었고 1등을 하지 않으면 못 견디는 성격이었다. 1등을 유지하기 위해서는 다른 아이들보다 더 많은 시간을 공부해야 했다. 생각해 보니 친구들과 어울려 놀기보다는 늘 혼자 공부하는 시간이 많았다. 풀리지 않는 숙제가 있으면 몇 번이고 답을 찾을 때까지 반복하기도 했다.

어쩌면 어머니가 선생님이셨기 때문에 더 잘해야 한다는 부담을 가졌던 것인지도 모르겠다. 초등학교 때 썼던 일기장에도 고스란히 그런 마음이 남아 있다. 그리고 그만큼 여러 방면에서 늘 최선을 다해 노력했다. 스케이트 타기도 그중 하나였다.

내가 다니던 초등학교에서는 겨울이 되면 운동장에 물을 부어 간이 스케이트장을 만들었다. 학생들에게 무료로 스케이트를 탈 수 있게 해 주었는데 나는 동생과 함께 겨울방학이면 매일 같이 운동장에 가서 스케이트를 타곤 했다. 넘어지거나 미끄러지는 것은 두렵지 않았다. 무조건 스케이트를 제일 잘 타는 아이가 되고 싶었다.

한번 마음먹은 일은 반드시 이루고야 마는 성격이었던 나는 추위

배꽃에서 피워 온 김영주의 시간들

에 손이 얼고 동생이 집에 가자고 보채도 내 마음에 들 때까지 스케이트를 타야 직성이 풀렸다. 그렇게 스피드 스케이트와 피겨 스케이트를 만족스럽게 탈 수 있을 때까지 연습에 연습을 거듭했다.

결국 나는 두 가지 스케이트를 모두 능숙하게 탈 수 있게 되었다. 특히 피겨 스케이트는 회전하기, 한 발로 타기와 같은 기술도 잘해서 친구들의 부러움을 샀다.

초등학교 시절의 나는 무엇이든지 열심히 하는 성격이었지만 피아노 연습하는 것은 그다지 좋아하지 않았다. 어머니는 내가 다양한 분야에서 재능을 발휘하길 원하셨는데 그중 한 가지가 피아노 연주였다. 마침 피아노 선생님이 어머니의 친구셨다. 기회가 좋다고 생각하신 어머니는 나의 흥미나 재능을 떠나 무조건 피아노를 배워야 한다고 판단하셨다.

사실 그 시절에는 피아노를 배우는 아이들이 매우 드물었다. 나는 어쩔 수 없이 어머니의 기대에 부응하기 위해서 피아노 교습소에 다녀야 했다. 그러나 교습소에 가는 시간이 즐겁지 않았던 나는 늘 피아노 연습보다 다른 아이들과 놀 궁리만 했다. 아이들을 선동해 땅따먹기 놀이와 고무줄놀이를 했고, 라면땅 과자를 난로에 볶아 먹기도 하면서 아이들의 연습까지 방해했다.

피아노 선생님에게 나는 성실한 제자가 아니라 수업을 방해하는 악동이었다. 그런 내 모습을 참다못한 선생님은 결국 어머니께

'제발 이제 영주를 피아노 학원에 보내지 말아 달라'는 부탁을 하셨다. 그 일로 나는 어머니께 몹시 꾸중을 들어야 했다.

〈초등학교 6학년 때 나의 일기장 겉표지〉

배꽃에서 피워 온 김영주의 시간들

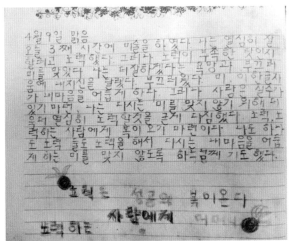

〈초등학교 시절의 일기장〉

03
—
도덕산을 오르던 당찬 아이

1976년, 나는 광명중학교에 입학했다. 지금은 광명시가 많이 발전했지만 그 당시에는 아주 시골이어서 논과 밭 그리고 과수원이 많은 곳이었다. 우리 학교는 도덕산 꼭대기에 있었다. 학교에 가려면 무거운 책가방을 메고 산꼭대기까지 걸어서 올라가야 했다. 매일매일을 등산하는 것 같았다.

다른 아이들보다 체구가 작았던 나에게 그 등굣길은 고행길이었다. 늘 숨이 턱까지 차게 만들었고 얼굴은 창백해졌다. 처음 입학한 3월에는 다리가 후들거리더니 종아리에 알이 배어 걷기가 힘들었다. 어느 정도 적응하기까지 몇 달 동안은 정말 지옥 훈련 같았다.

특히 겨울에 눈 쌓인 등굣길을 오르는 일은 이만저만한 고생이 아니었다. 언덕길을 걸어 산꼭대기 학교까지 오르며 여러 번을 미끄러지고 넘어지기 일쑤였다. 얇은 교복의 스타킹 속으로 멍이 들기도 했다. 그러나 하굣길에는 큰 비닐을 덮은 간이 썰매를 타고 산꼭대기에서 미끄럼을 타며 친구들과 신나게 내려오기도 했다. 그렇게 3년 동안의 등하교 덕분에 나의 체력은 강해졌고 마음도 단단해졌다.

계절마다 변해 가는 등하굣길을 혼자 걷는 것은 내가 가장 좋아하는 시간이기도 했다. 아침이면 안개가 피어오르는 들판이 풍요롭고 평온했다. 저녁 무렵엔 저 멀리 큰 산 너머로 노을이 붉게 물들어 가고 논밭의 중간중간에는 미루나무 몇 그루가 노을을 등지고 쓸쓸히 서 있었다. 내가 좋아하던 가을의 삼색 코스모스는 언제나 나와 함께 집까지 동행하는 동무가 되어 주었다.

아름다운 자연의 풍경은 사람을 변화시키는 놀라운 힘이 있다. 3년을 오가는 동안 들녘을 바라보며 어린 마음에도 나는 인생을 어떻게 살아가야 할 것인지 고민하곤 했다. 삶의 자세에 대한 답을 찾지는 못했지만 공부만큼은 누구보다 열심히 해야 한다고 생각하고 있었다.

등하굣길의 시간조차 헛되이 쓰고 싶지 않았던 나는 그 시간에 영어를 공부하기로 했다. 누가 시킨 것도 아닌데 나는 영어 사전을 하루에 1장씩 외우기로 마음먹었다. 작은 단어장을 만들어 손에 들고 학교와 집으로 오가는 동안 하루도 빠짐없이 중얼거리며 영어 단어를 외웠다. 지나가는 사람들을 신경 쓰지도 않았다.

지금도 생각나는 일이 있는데 어느 날 아침 등굣길이었다. 나는 여느 날처럼 "apple, 애플, 사과"라고 소리 내어 단어를 외우면서 학교로 가고 있었다. 그때 길에서 만난 어른들이 나의 모습을 보고 "걸어가면서도 열심히 공부하는 학생이네. 나중에 훌륭한 사람이 될 거야."라며 칭찬을 해 주셨다.

나는 어른들의 칭찬이 쑥스러웠으나 기분 좋았다. 물론 그 칭찬 때문은 아니었지만 나는 계절과 상관없이 3년 동안 매일 그렇게 영어 단어를 외우며 학교에 다녔다. 그리고 가끔은 혹시 내가 커서 어른이 되면 그 어른들 칭찬처럼 훌륭한 사람이 될지도 모른다는 생각을 했다.

광명중학교는 5년간 남녀공학이었다가 그 후로 남학교와 여학교로 분리하여 개교했다. 나는 남녀공학일 때 학교에 다녔는데 키가 매우 작아 늘 앞에서 첫 번째였다. 그러나 공부만큼은 항상 전교 1등을 놓치지 않았다.

우리 학교는 매달 월례 고사를 보았고 중간고사와 학기말고사, 전국고사까지 다양한 종류의 시험이 있었다. 시험을 본 후에는 항상 그다음 달의 조회 시간에 1등에서 3등까지 상을 주었다. 나는 한 번도 빠지지 않고 1등을 했다.

그런데 우리 학교 학생 중에는 나 말고 다른 김영주라는 동명이인의 학생이 있었다. 그 친구도 늘 2등 혹은 3등을 하여 조회 시간엔 항상 '김영주'라는 이름을 가진 학생이 상을 받았다. 선생님들은 공부를 잘하려면 이름이 '김영주'여야 하는 것이 아니냐며 나를 보고 웃곤 하셨다. 지금 생각해도 김영주는 그 당시 매우 흔한 이름이었다.

매사에 냉철한 자기 관리와 노력하는 자세는 중학교에서도 변함이 없었다. 언제나 남들보다 더 열심히, 더 악착같이 공부하며 성적을 유지했다. 그 덕분에 선생님들로부터 야무지고 당차다는 말을 듣곤 했다.

특히 남학생들에게 매우 당당하고 다소 거만하게 보였기 때문인지 "진열장의 유리판"이라는 별명을 갖게 되었다.

이 별명은 20대가 된 후에도 나를 떠나지 않았다. 마치 별명에 내가 지배당한 것 같이 도도하고 까칠하게 굴었다. 작은 키 때문에 무시당하지 않으려는 나만의 처세였는지도 모르겠다. 성인이 되어 인생의 많은 경험과 깨달음을 얻은 후에야 비로소 나는 그 별명에서 벗어날 수 있었다.

다채로운 경험들

중학교에 다니면서 얻게 되었던 친구들과 함께한 소중한 경험들은 새로운 나를 찾게 하는 기회가 되었다. 그 가운데 하나가 점심시간의 추억이다.

학교가 산에 있다 보니 학교 옆의 공터에는 채소밭이 있었다. 그곳에 상추와 고추, 도라지 등을 심었는데 채소들이 한창 자라면 친구들과 상추를 따다가 밥을 비벼 맛있게 먹었다. 특히 점심을 먹고 나면 학교 근처의 산에서 산딸기를 따서 후식으로 나눠 먹곤 했다. 한번은 점심시간에 친구들과 잘 익은 머루를 따러 간 적이 있었는데 뱀을 만나 혼비백산 비명을 지르며 교실로 달려오기도 했었다. 또 가을에는 산밤을 주워서 까먹거나 산사과를 따 먹기도 했다. 계절마다 먹거리가 있는 그 산이 나는 정말 흥미롭고 재미있었다.

중학교 2학년 때는 담임 선생님과 반의 임원들이 모여 겨울방학에 환경 미화를 함께한 적이 있었다. 우리는 선생님의 지시에 따라 교실 앞면의 칠판 양옆과 뒤편의 전시 공간을 새로 디자인했다. 색종이에 글씨를 오려서 붙이거나 다양한 모형으로 장식을 만들어 알림판을 꾸몄다.

선생님께서는 종일 고생하는 우리를 위해 난로 위에다 아주 큰 냄비를 놓고 라면을 한가득 끓여 주셨다. 배가 고팠던 우리는 냄비 뚜껑과 라면 봉지를 그릇 삼아 정신없이 먹었다. 겨울에 먹었던 그 라면의 맛을 나는 지금도 잊을 수가 없다.

그 외에도 시골에 있는 중학교여서 농번기나 추수철인 가을에는 논과 밭에 나가 마을 어른들을 돕는 봉사 활동을 하곤 했다. 직접 풀을 뽑기도 하고 퇴비를 만들기도 하고 고추를 따기도 했다. 가을에는 콩대를 뽑거나 볏단을 묶어 나르는 등 곡식을 거두는 일도 도왔다. 나에게는 그런 활동이 귀찮고 불편하기보다는 새로운 기쁨과 즐거움이 되었다.

그때의 좋은 기억 덕분에 나는 성인이 된 후 종종 은퇴 후의 삶을 상상하곤 했다. 남편과 시골에 가서 텃밭을 가꾸며 여유롭게 전원생활을 즐길 수 있다면 그것도 행복한 삶이 아닐까. 그 어린 시절 내가 경험했던 시골에서의 추억들이 여전히 내 삶의 많은 부분에 아름다운 그림처럼 선명하게 남아 있다.

중학교 시절 나와 가장 많이 친했던 친구는 김현아였다. 현아네는 노온리에서 포도밭을 크게 하는 집이었다. 여름방학이 되면 나는 현아의 집에 놀러 가서 포도밭의 원두막에 앉아 포도를 먹으며 놀았다. 원두막에 누워 우리는 한여름 밤의 별들이 가득한 하늘을 올려다보며 미래를 상상했다. 그러다 아침이 되면 현아 어머니가 싸 주신 커다란 포도 바구니를 들고 집으로 돌아오곤 했다.

　겨울방학에는 현아네 집의 따뜻한 아랫목에서 공부를 같이하고 함께 책을 읽었다. 현아와 보내는 시간은 하루가 유난히 짧게 느껴졌다. 별일 아닌 이야기에도 항상 잘 웃어 주던 그 아이는 말이 잘 통하는 상냥하고 다정한 친구였다. 서로의 집을 오가며 방학을 보내던 우리는 둘도 없는 소중한 단짝이었다.

　현아와는 대학교에 다닐 때까지 친하게 지냈다. 의대 공부에 치여 자주 만날 수는 없었지만 서로의 안부를 걱정하며 응원하던 사이였다. 그런데 친구에게 어려운 상황이 생기면서 현아는 어느 날 갑자기 하늘나라로 먼저 떠나 버리고 말았다. 믿을 수 없는 일이었다.

　황망하고 어이없는 비보에 나는 한동안 가슴이 뚫려 찬 바람이 불어 대는 것 같은 시린 마음으로 지내야 했다. 그 슬픔의 감정은 너무 크고 깊어서 오랜 시간 내 마음을 무겁게 짓눌렀다. 나는 자신을 자책하며 긴 시간 그 아픔을 견뎌야 했다.

　사실 현아가 죽기 하루 전, 나에게 만나고 싶다는 연락을 해 왔다. 그러나 마침 그때 빠질 수 없는 중요한 해부학 시험이 있었다. 친구와 마지막이 될 수 있다는 생각을 미처 하지 못했던 나는 현아의 간절했을 그 소원을 들어주지 못했다. 가끔 '시간을 되돌릴 수 있다면 얼마나 좋을까' 지금까지 후회하고 있다. 현아를 떠올릴 때마다 내가 할 수 있는 일은 그저 천상의 안식을 기도할 뿐이다.

중학교 시절 특별히 기억에 남는 다른 하나는 교장 선생님께서 조회 시간에 해 주셨던 훈화 말씀이었다. 교장 선생님은 늘 논어, 맹자 등의 책에서 학생들에게 훈시가 될 만한 이야기를 해 주셨다. 마치 할아버지가 손주들에게 이야기를 들려주듯 그렇게 재미있게 이야기를 풀어 주셨다. 한 번은 조회 시간에 외눈을 가진 원숭이 이야기를 해 주셨는데 지금도 또렷하게 기억이 난다.

"옛날 어느 마을에 외눈을 가진 원숭이들이 많이 살고 있었다고 합니다. 그들 가운데에는 두 눈을 가진 원숭이가 한 마리 있었어요. 두 눈을 가진 원숭이는 외눈을 가진 원숭이들 속에 살아가며 '내가 장애가 있구나. 내가 정상이 아니구나' 하면서 몹시 괴로워했다고 합니다.

그러다가 성년이 된 두 눈 원숭이가 '이제는 안 되겠다. 이곳을 떠나 더 넓은 세계에 가서 삶을 도전해 보자' 하면서 정처 없이 길을 걷게 되었습니다. 몇 날 며칠을 걸어서 어느 마을에 도착해 보니 그 마을에는 자기처럼 두 눈을 가진 원숭이들만 살고 있었다고 합니다.

그들을 보자 두 눈 원숭이는 그동안 자기가 살고 있었던 곳의 외눈을 가진 원숭이들이 정상이 아니었다는 사실을 깨닫게 되었습니다. 그리고 자기가 정상이었는데 잘못된 곳에 있었기 때문에 자기를 비정상이라고 생각했던 과거의 일들을 후회했다고 합니다."

교장 선생님의 이 말씀은 내가 인생을 살아가는 데 항상 큰 교훈을 주었다. 때때로 내가 외눈을 가진 원숭이들 속에 있는 것은 아닌지 돌아보게 되었다. 교장 선생님의 훈화 덕분에 나는 늘 올바른 선택을 하기 위해 마음을 다스리고 성찰할 수 있었던 것 같다.

중학교 시절은 나에게 다양한 경험을 제공했던 특별한 시간이었다. 그 기억들은 지치거나 고단할 때마다 오래도록 깊은 호흡처럼 나에게 힘이 되어 주었다. 특별한 추억으로 행복했던 어린 시절을 생각하면 지금도 얼굴에 미소가 떠오른다.

〈오래전 책갈피에 말려 두었던 단풍잎〉

배꽃에서 피워 온 김영주의 시간들

05
—
홀로서기의 시간

중학교를 졸업하고 광명여고에 입학했다. 그러나 1학년 1학기 말, 갑자기 서울의 동덕여고(당시 동대문 소재)로 전학을 하게 되었다. 아버지의 결정이었다. 아버지께서는 내가 경기도에 있는 작은 고등학교에서 원하는 대학에 가기가 어려우리라 판단하셨다.

사람이 태어나면 서울로 보내야 한다는 옛말까지 꺼내시며 전학을 서두르셨다. 갑작스러운 아버지의 통보에 당황스러워 나는 아무 말도 하지 못했다. 그저 아버지의 판단과 결정에 무조건 따라야 한다고 생각했다. 그것은 내가 꿈꾸던 미래를 위해서 가장 좋은 방법이 될 것이라고 믿었다.

그런데 막상 서울로 전학이 확정되자 정들었던 광명을 떠난다는 사실이 쉽게 받아들여지지 않았다. 광명에서의 소중하고 행복했던 시간들이 내게서 사라지는 것 같아 마음이 복잡하고 서글펐다. 한편으론 초등학교 시절에 잦은 전학 경험이 있었던 터라 친구들과 헤어지는 것이 쉬울 것 같았다. 그러나 중학교에 다니며 친구들에게 깊이 마음을 두었던 시간만큼 이별도 어려웠다.

결국 나는 아버지의 뜻에 따라 광명을 떠났다. 친구들과 아쉬운 이별을 뒤로하고 서울로 왔지만 허전하고 외로운 마음은 한동안 나를 슬프게 했다. 그러나 내가 원하는 삶과 꿈을 위해서라면 그 정도의 아픔은 딛고 일어서야 한다고 생각했다.

서울로 이사한 우리 집은 그 당시 개봉동에 있었다. 문제는 동덕여고가 있는 동대문까지 매일 등하교를 해야 한다는 사실이었다. 그것은 무척이나 힘들고 어려운 일이었다. 시골에서는 걸어 다니는 거리의 학교생활이 전부였던 나에게 개봉동에서 동대문까지의 거리는 너무나 까마득하게 느껴졌다. 고등학교 생활이 전혀 녹록하지 않을 것이라는 불안감이 전학하던 첫날부터 나를 엄습했다.

동덕여고까지 등하교는 1호선 전철을 타고 다녔다. 집에서 학교까지 꼬박 1시간이 넘게 걸리는 거리를 왕복해야 했다. 그 때문에 나는 매일 아침 5시 30분에 일어났다. 많은 사람 틈에 끼어 지하철을 타는 것은 나를 쉽게 지치게 했다. 특히 학교에서 저녁에 방과 후 공부까지 하고 집에 돌아오면 늘 초주검 상태가 되었다. 전학한 바로 다음 날, 나는 2년 반이나 다녀야 할 그 통학 길에 미리 질려

버리고 말았다.

　서울로 전학하자 나는 공부에 뒤처질 것이 걱정되고 염려되었다. 동덕여고의 아이들은 예전 학교의 아이들보다 더 열심히 공부하는 것 같았다. 나는 독한 마음을 먹고 공부에 매진했다. 광명에서와 같은 성적을 유지하기 위해서는 전보다 더 치열하게 공부하는 것밖에 달리 방법이 없었다.

　다른 과목들은 어느 정도 자신이 있었지만 문제는 제2외국어였다. 모든 고등학교에는 제2외국어 교과목에 있었는데 전학을 오기 전 광명여고에서는 일본어를 배웠다. 그런데 동덕여고의 제2외국어는 독일어였다.

　처음 접하는 독일어의 기본 글자도 모르는 상황에서 한 학기나 먼저 공부한 다른 친구들의 실력을 따라가기가 너무나 어려웠다. 다행히 우리 반에서 일등을 하던 나의 절친 우설미가 독일어의 기본을 가르쳐 주었다. 친절한 친구의 가르침은 내게 큰 도움이 되었다.

　그러나 처음 배우는 독일어는 쉽게 익혀지지 않았고 이해하기도 어려웠다. 그렇다고 포기할 수는 없었다. 악바리 근성을 가진 나는 노력해서 안 되는 것이 없다고 생각했다. 어느 정도 독일어의 기초를 배우고 익히자 여름방학 동안 독일어 교과서의 본문 내용과 연습 문제를 통째로 외워버렸다. 그리고 9월 말, 나는 보기 좋게 독일어 시험에 100점을 맞고 반에서 일등을 했다.

학교에서는 그동안 독일어 시험에서 만점을 받은 학생이 한 번도 없었던 터라 내가 100점을 받은 것이 하나의 사건이 되었다. 독일어 선생님은 나를 개인적으로 교무실로 불러 칭찬하시는 것은 물론, 1학년 10개 반의 수업에 들어갈 때마다 내 칭찬을 아끼지 않으셨다.

그러나 그때부터 나는 늘 동급생들에게 시기와 질투의 대상이 되어야 했다. 친구들은 시골에서 전학 온 내가 일등을 하자 인정할 수 없다고 생각하는 것 같았다. 게다가 선생님의 칭찬은 아이들의 질투심을 자극했던 모양이었다.

어느 날 여자 화장실 벽에 나에 대한 욕이 쓰여 있는 것을 보게 되었다. 그걸 보자 나는 그 화장실에 가기가 싫어져서 멀리 다른 건물에 있는 화장실로 다녀야 했다. 어떤 아이들은 나와 마주칠 때마다 아래위로 훑어보며 눈을 흘겼다. 마음은 점점 불편해지고 불안해졌다. 그러나 견디는 것 외에는 아무것도 할 수 없었다.

그럴 때마다 우설미라는 친구가 나를 많이 도와주었고, 그 후로도 어려운 일이 있을 때마다 큰 위로와 힘이 되어 주었다. 그 친구 덕분에 나도 예전의 당당하던 내 모습을 조금씩 찾아갈 수 있었다. 무엇이든 내가 하기 나름이라는 생각이 들면서 아이들의 괴롭힘에도 별것 아닌 일처럼 의연하게 대처하기 시작했다. 그렇게 1학년을 보낼 수 있었다.

배꽃에서 피워 온 김영주의 시간들

2학년이 되자 반이 자연계와 인문계로 나누어졌다. 나를 도와주었던 그 친구는 인문계로, 나는 자연계로 진로를 정했다. 나는 다시 새로운 환경에 적응해야 했다. 그러나 이미 1학년 2학기에 혹독한 전학 신고식을 겪었던 터라 여러모로 자신이 있었다. 더 열심히 할 수 있을 것 같았다.

　2학년이 되어서도 나는 열심히 공부했다. 통학하는 시간을 활용해 지하철 안의 비좁은 틈에서도 공부를 했고 쉬는 시간과 점심시간도 허투루 사용하지 않았다. 그런 노력 덕분에 나의 성적은 계속 향상되어 반에서 1등을 유지할 수 있었다.

06
—
좌절을 이겨 낸 시간과 아버지

사실 한 학년에 두 반밖에 없던 작은 시골 학교에서 열 개 반 이상의 학급을 가진 동덕여고로의 전학은 나에게 너무도 큰 변화였다. 먼 거리의 등하교는 몸과 마음을 고단하게 했고, 아침저녁으로 붐비는 지하철을 타는 것도 점점 감당하기 버거웠다. 나는 조금씩 체력적으로 약해져 갔다. 자주 감기에 걸리기 일쑤였고 예민하고 신경질이 많은 여고생으로 변해 갔다.

특히 고등학교 3학년이 되자 대학 입시 준비와 함께 모든 것이 스트레스가 되었다. 성적이 좋았던 나에게 부모님은 큰 기대를 하셨다. 예비 모의고사 성적은 어느 정도 안심할 수 있었다. 그러나 나 역시 의대를 목표로 하고 있었기 때문에 입시가 다가올수록 반드시 원하는 의대에 합격해야 한다는 중압감이 점점 더 커졌다.

대학 입시를 치르던 날, 나는 잠을 설쳤다. 시험을 잘 봐야 한다는 심리적인 부담감 때문이었는지 컨디션도 좋지 않았다. 뭔지 모를 불안감으로 입시 고사를 치르는 내내 자신감을 잃었다. 그리고 나는 81년도 대학 입시에서 평소 내가 받았던 성적보다 훨씬 낮은 점수를 받았다. 부모님께도 죄송스러웠고 무엇보다 나 자신에게 크게 실망했다.

그해 나는 내가 그토록 가고 싶었던 의대를 포기해야만 했다. 자신에게 절망했던 뼈아픈 순간이었다. 초등학교부터 중학교와 고등학교에 다니면서 좌절의 경험이 한 번도 없었던 나에게 꿈을 포기하는 일은 쉽지 않았다. 그러나 서울대학교 간호학과 외에는 달리 선택의 여지가 없었다.

어쩔 수 없이 간호학과에 입학해 다니기 시작했지만 의사가 되고 싶은 미련을 버리지 못하고 있었다. 마음 같아서는 부모님께 말씀드려 재수라도 하고 싶었다. 그러나 차마 용기가 나지 않았다.

그러던 어느 날 저녁 아버지께서 부르셨다. 서울대 간호학과에 입학한 이후 별말씀이 없으셨던 아버지는 무거운 목소리로 말씀하셨다.

"나는 의사가 아닌 딸을 둘 수가 없다. 재수생인 딸도 보기가 싫으니 낮에는 간호학과 공부를 하고 저녁에는 다시 공부하여 내년에 반드시 의대에 들어가거라."

아버지는 그 말씀을 끝으로 더는 아무 말씀도 하지 않으셨다. 나는 재수를 허락하신 말씀이 기뻤지만 내색하지 않았다. 그때부터 나의 재수 생활이 본격적으로 시작되었다.

나는 아버지의 말씀대로 착실하게 1년간 간호학과를 다니면서 다시 공부했다. 기회가 더 이상 오지 않을 거라는 생각을 하니 다시 오기가 생겼다. 오기와 독기가 때로는 약이 될 수 있다는 말이 그때의 나에게 가장 어울리는 표현이었다. 부정적인 생각은 하지 않았다. 무조건 할 수 있다는 마음으로 자신을 격려하고 믿었다.

고3 때보다 두 배는 어려운 시간이었으나 이상하게 힘들다는 생각이 들지 않았다. 전보다 더 체계적으로 계획을 세우고 매일 학습할 분량을 점검하며 재수 생활을 이어 갔다. 공부할 내용이 많은 날에는 밤잠을 줄여 가며 책상 앞을 떠나지 않았다. 그 모든 과정은 신기하게도 시간이 흐를수록 지치지 않았고 오히려 할 수 있을 것 같은 자신감을 느끼게 했다.

그렇게 8개월을 공부한 끝에 나는 드디어 이화여자대학교 의예과에 수석 합격이라는 우수한 성적으로 입학하게 되었다. 나의 꿈에 한 발 더 다가서는 순간이었다.

내가 가장 존경하고 사랑했던 분은 아버지였는데 아버지는 엄격하시면서도 매우 사랑이 많은 분이셨다. 일방적으로 나를 가르치기보다는 스스로 깨닫기를 바라셨고, 필요할 땐 넓고 깊은 지식을 명료히 설명해 주시던 훌륭한 학자셨다.

아버지는 나에게 늘 든든한 버팀목이자 신앙과도 같은 분이셨다. 나는 아버지의 말씀을 항상 잘 들었고 그분의 바람에 따라 훌륭한 의사가 되기 위해 노력했다. 그리고 내가 간절히 원하던 의대에 들어가게 된 것이었다.

그 후로도 아버지는 늘 나를 불러 교훈이 되는 이야기를 많이 해 주셨다. 의과대학에서의 공부 분량은 상상할 수 없을 정도로 많았다. 늘 나는 허덕이며 공부해야 했다. 한 페이지를 완벽하게 공부하지 않으면 다음 페이지로 넘어갈 수 없었던 탓에 나의 성적은 점점 더 떨어져 갔다. 그러던 어느 날 아버지께서 나를 부르셨다. 그리고 갑자기 물으셨다.

"영주야 너는 사과를 어떻게 먹니?"

"먼저 사과를 잘 닦고 칼로 깎아서 4등분을 한 후에 가운데 속을 파내고 먹지요."

"그래 맞아. 사과를 먹는 것처럼 공부를 포함한 모든 일은 먼저 큰 숲을 보고 차츰 그 밑에 있는 나무들 그리고 잎사귀를 보면서 정리해 나가야 하는 거야."

자주 해 주시던 아버지의 교훈 같은 이런 말씀에서 나는 지칠 때마다 깨닫는 것이 있었다. 그 후 내가 의대 공부를 어려워할 때, 그리고 수없이 밀려드는 의사로서, 교수로서, 학자로서, 어머니로서, 아내로서 그리고 딸로서, 며느리로서, 교회의 권사로서 감당해야 하는 일들을 할 때마다 아주 중요한 삶의 방향을 제시해 주었다.

그런 아버지가 2018년에 폐 질환으로 돌아가셨다. 그때 나는 마치 세상이 사라진 것 같은 짙은 어둠을 경험했다. 나에게는 더 이상 든든한 버팀목도 신앙도 존재하지 않는 기분이었다. 아버지가 떠나신 후 시간이 지날수록 빈자리가 느껴져 오랜 시간 슬프고 아팠다. 가슴은 저리고 마음엔 자주 눈물이 차올랐다. 이 세상에는 아버지만큼 나를 지지하고 사랑하고 믿어 주는 사람이 이제 없다는 것을 확인했기 때문이었다.

〈백두산 천지에서의 아버지 모습, 1992년〉

배꽃에서 피워 온 김영주의 시간들

* 다음은 아버지가 나의 51세 생일날 보내 주신 축하 편지이다.

이 애비가 맏딸에게 보내는 생일축하 멧세지:

맏 딸의 51회 (知天命) 생일을 축하 한다.

경기도 죽산 단칸방 부엌에서 불을 지펴 물을 끓이며 듣던
너의 출생의 첫 으앙소리, 그리고.
다섯살, 어느 여름날 죽산 국민 학교 운동장 그네를 타며
하늘을 차고 오르던 그 당찬 모습에서 그린 너에 대한
미래의 꿈과 기대가 오늘의 너와 크게 틀리지 않았음에.
깊이 감사하며. 생일을 진심으로 축하하는 바이다.

2014년 10월 囍壽를 바라보는 노인 애비의 축수.

韓國國防研究院 副院長 金 岩 山

07

진정한 여성 리더의 꿈

이화여자대학교에서는 우수한 성적으로 입학한 학생이 과대표와 부대표가 되는 전통이 있었다. 나는 의예과와 본과의 기간에 과대표를 하면서 나름의 리더십을 키워 나갔다. 관계의 중요성을 이해할 수 있었고, 사람들과 긴밀히 소통하는 방법을 습득했으며, 유연성과 빠른 적응력도 배울 수 있었다. 무엇보다 어떤 리더라 하더라도 혼자서는 아무것도 할 수 없다는 사실을 깨달았다.

나는 과대표를 하면서 교수님들께 붙임성이 좋다는 말을 많이 들었다. 깐깐하고 자존심 강한 콧대 높은 성격이었지만 사람들에게 친절하고 예의 있게 대하려고 노력했다. 그 당시 생화학교실의 성낙응 교수님께서 학장을 맡고 계셨는데 다들 학장님을 매우 어려워했다. 항상 엄격하고 점잖으셔서 학생들은 학장님을 찾아가도 말 한마디 제대로 나누지 못했다.

그러나 나는 어려서부터 매우 엄격하고 무서운 아버지에게 훈련을 받아서 그런지 학장님과 교수님들이 몹시 어렵거나 불편하지 않았다. 오히려 엄한 교수님들께 스스럼없이 다가가 이야기도 잘하고 강의 외적인 면에서 좋은 말씀을 많이 들을 수 있었다. 특히 다른 학생들은 부담스러워했던 건의 사항도 잘 전달하여 학생들에게 필요한 문제를 해결하기도 했다.

내가 다방면으로 노력했다고 해도 사실 과대표로 활동하는 과정이 쉽지만은 않았다. 학생회 일을 하다 보니 본의 아니게 회계에 문제가 생기는 일도 있었다. 그렇다고 다른 임원에게 책임을 묻거나 해결을 바랄 수는 없었다.

나는 수입과 지출이 맞지 않는 상황을 조용히 처리하기 위해 부모님 몰래 경양식집에서 아르바이트를 했다. 학업과 아르바이트의 병행은 내가 예상했던 것보다 어려운 일이었다. 결국 두 달 동안의 아르바이트로 그 비용을 모두 채워 넣을 수 있었다.

지금 생각해 보면 이화의대에서 6년은 나에게 인생의 의무와 역할과 자세를 배우게 한 소중한 시간이었다. 인간 김영주로서, 의사로서, 여성 리더로서, 그리고 학자로서 많은 발전과 변화와 실력을 닦을 수 있었던 매우 중요한 시기였다. 나는 그 시기에 여성 리더십에 대해 진지하게 고민하며 성장할 수 있었다.

6년의 세월을 통해 내가 깨달은 진정한 여성 리더란 자기 개발을 위한 끊임없는 노력과 성찰을 하는 사람이고, 누구에게나 배우려는 자세로 학습을 게을리하지 않는 사람이며, 또한 무엇보다 중요한 것은 나 자신의 이익보다는 이타적인 행동과 헌신과 사랑과 존중이 있는 사람이면서, 장기적인 목표 설정과 노력으로 실천하는 사람이라는 것이었다.

그것은 권위적이고 수직적인 리더가 아닌 수평적인 관계의 중요성을 실천하는 리더를 말하는 것이었다. 나는 상호 협력하며 그로 인해 효율적인 결과를 얻게 만드는 '부드러운 리더'가 무엇보다 중요하다는 사실을 깨닫고 믿게 되었다.

비록 쉽지 않은 시간이었지만 돌이켜 보면 그 시간이 있었기에 현재의 내가 더 넓은 세상을 구체적으로 직시할 수 있는 시각을 갖게 되었다고 생각한다. 그 덕분에 언제나 능동적인 태도로 삶의 방향을 개척하는 사람이 되고자 노력할 수 있었던 것인지도 모르겠다.

08
—
꿈의 도식화

    의과대학에서의 공부는 분량이 매우 방대하고 대부분 외워야 하는 내용이 많아서 나를 곤혹스럽게 만들었다. 외우기가 쉽지 않았던 나에게는 엄청난 양의 공부를 소화해 나가기가 매우 힘들었다. 의예과 시기에는 그런대로 공부를 따라갔지만 본과 1학년이 되자 해부학, 생리학, 생화학 등의 중요 과목은 생각보다 어마어마한 양과 함께 내용도 어려웠다.

    아무리 잘할 수 있다고 자신을 격려하며 암기에 매달려도 말처럼 마음과 머리가 따라 주지 않았다. 공부가 마음대로 되지 않던 시간이 길어지면서 나는 불안해졌다. 그러다 어느 순간 의학 공부는 내가 해낼 수 있는 능력이 안 되는 것일지도 모른다는 의심이 들기 시작했다.

그런 의심이 들자 내가 나의 실력도 파악하지 못하고 욕심만으로 의학 공부를 선택한 것은 아닌가 하는 생각이 들었다. 그리고 그런 생각은 조금씩 나를 갉아 먹으며 자신감을 잃게 했다. 한 번 끼어든 부정적인 생각들이 좀처럼 마음을 떠나지 않더니 점점 차올라 자신을 스스로 괴롭혔다.

설상가상으로 몸도 약해지면서 나는 처음으로 의과대학을 그만두고 싶다는 생각을 하게 되었다. 한 번 든 생각은 꼬리를 물고 이어져 공부가 더는 의미가 없다고 부정하기 시작했다. 그것은 나의 모든 꿈을 포기하는 것과 같았다. 마음을 다잡고 더 열심히 공부하려 했지만 그럴수록 생각처럼 집중이 잘 안 되었다.

그렇게 본과 1학년 1학기를 겨우 마치고 여름방학이 되었다. 의대 생활에 몹시 지친 나는 2학기 공부를 어떻게 할 수 있을까 하는 두려움에 싸여 있었다. 잘 해낼 자신도 없고 내가 선택한 의사의 길이 정말 옳은 선택이었는지 더 깊이 의심하기 시작했다. 갑자기 모든 의욕이 사라진 듯 며칠간 방에만 틀어박혀 답도 없는 고민을 하고 있었다.

그 무렵 아버지는 대만 국립정치대학의 교환교수로 타이베이에 머물고 계셨다. 나의 상황을 전해 들으셨는지 아버지께서 대만으로 여행을 오라고 하셨다. 마땅한 해결책이 없던 나에게 아버지의 부르심은 단비처럼 느껴졌다. 그 당시에는 외국으로 여행을 가는 것이 매우 어려웠어서 외국행 비행기를 탄다는 사실 만으로도 여행을 준비하는 기간 내내 큰 설렘을 안겨 주었다.

나는 대만 여행에 대한 기대와 함께 부푼 마음으로 대한항공 비행기에 올랐다. 비행기에서 아래를 내려다보니 자동차도 건물도 매우 작게 보였다. 특히나 사람은 너무나 작아서 전혀 보이지도 않았다. 나는 그때 내가 저렇게 작은 세상에서 의대 공부도 이겨 내지 못하고 포기할 생각을 하고 있었다는 사실이 갑자기 한심하게 느껴졌다.

곰곰 생각을 거듭하자 '우물 안의 개구리가 바다를 말하지 못하는 것이 그 공간 안에만 갇혀 있기 때문'이라는 『계곡만필』의 구절이 떠올랐다. 그동안 나는 좁은 우물 안에 갇혀 세상을 알지도, 알려고 하지도 않았다는 생각이 들었다. 나에게 필요한 것은 의학 공부를 잘하려는 것이 아니라 어떤 목적과 이상을 가졌는지가 더 중요한 것이었다.

나는 대만으로 향하는 동안 좀 더 넓은 세상을 보면서 큰 꿈과 비전을 가져야겠다고 굳게 결심했다. 단순히 의술을 지닌 훌륭한 의사가 되는 것이 목표가 아니라 진심으로 내가 이루고 싶은 꿈, 나의 삶을 구체적으로 설계하고 실천할 수 있는 계획을 세우기로 작정했다.

"꿈은 우리의 내부에 있는 초상화로 우리의 비전을 찾아내고 우리가 무엇을 원하는지 알려 준다"라는 말을 믿었다. 내가 체계화

한 꿈의 도식화는 나에게 미래를 제시하고 그 길을 흐트러짐 없이 나아가도록 도와줄 것을 믿어 의심치 않았다.

대만 여행 후 한국으로 돌아온 나는 작은 종이 위에 1985년부터 세상을 떠나는 날까지 하고 싶은 나의 꿈을 적어 나가기 시작했다. 나의 꿈 노트는 2장으로 되어 있는데 지금도 나는 그 꿈을 향해서 최선의 노력을 다해 도전하고 있다.

대만에서 돌아온 후의 나는 대만으로 떠나기 전의 나와 분명히 달라져 있었다. 나는 기쁜 마음으로 본과 2학년 동안 기초가 되는 여러 가지 과목들을 처음부터 다시 공부하기 시작했다. 잠을 줄이고 최선을 다하자 힘들고 어렵다는 생각보다는 재수할 때 느꼈던 성취감과 희열을 다시 느낄 수 있었다.

노력은 배신하지 않는다는 말처럼 시간이 지나자 오히려 1학년 때보다 더 성적이 향상되었다. 모든 과목을 이해하고 기본을 파악한 덕분에 2학기부터 시작된 여러 가지 임상 과목들은 기초 과목보다 흥미를 끌었다. 나는 처음으로 의학 공부의 재미와 즐거움을 느끼며 무사히 2학년을 마칠 수 있었다.

배꽃에서 피워 온 김영주의 시간들

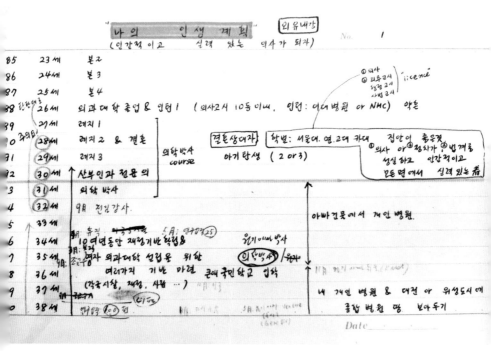

〈1985년에 작성한 나의 꿈 노트 중 일부〉

09
—
나의 스승, 제2의 어머니

본과 3학년 여름방학에 나는 의대 학생들이 자주 참여하는 의료
봉사를 신청했다. 충청도의 어느 시골 초등학교로 떠난 봉사 활동
에 우복희 선생님(당시 교학과장)과 다른 의대생들과 함께 참여하게
되었다. 처음 참여한 의료봉사는 나에게 특별한 의미가 되었다.

그동안 공부한 내용을 기반으로 마을 사람들을 진료하고 건강
상담을 하는 것은 중학교 시절의 농촌 봉사 활동과 차원이 다른 자
부심을 느끼게 했다. 단순한 즐거움이 아니라 뿌듯한 감동이 가슴
깊은 곳에서 솟아오르는 기분이었다. 내가 의사의 길을 선택하길
얼마나 잘했는지 느끼는 순간이었다.

그리고 나는 나의 인생을 이끌어 줄 특별한 스승을 만나게 되었
다. 의료봉사도 열심히 하고 밤에는 무수히 많은 별도 보면서 의미

있는 시간을 보내고 있던 어느 날이었다. 마을 주민들이 가져다준 구운 감자를 먹고 있던 나에게 우복희 선생님께서 물으셨다. 유난히 나를 예뻐해 주던 분이셨다.

"영주야, 졸업 후에 네가 하고 싶은 꿈이 무엇이니?"

"선생님, 저는 산부인과를 전공해서 훌륭한 산부인과 의사가 되고 싶어요."

나의 대답을 들으신 선생님은 훌륭한 산부인과 의사가 될 거라며 열심히 공부하라고 나의 등을 토닥여 주셨다. 그 후 내가 전공의를 시작하던 1989년에 우복희 선생님은 산부인과 과장이 되셨고 나는 산부인과 전공의로 동대문병원에서 함께 근무하기 시작했다.

전공의 시절 4년을 비롯해 의사로서의 내 삶에서 가장 큰 지지자는 우복희 선생님이셨다. 선생님은 끊임없이 격려해 주시는 것은 물론 어려운 위기와 곤란한 일이 생길 때마다 나를 끌어 주시고 진심으로 응원해 주셨다. 그 덕분에 나는 어려운 상황에서도 숨통을 틀 수 있었으며 위험한 고비들을 잘 넘길 수 있었다.

선생님께서는 사소한 일에도 부드러운 미소로 칭찬을 아끼지 않으셨다. 어쩌다 선생님께서 다른 업무로 외래 진료를 하지 못하시는 경우에는 항상 나에게 부탁을 하셨다. 그 덕분에 나는 환자에 대한 외래 진료를 어떻게 하는지 잘 배울 수 있었다.

또 한 번 선생님께 큰 도움을 받은 적이 있었는데, 내가 교수로 임용을 받기 위한 과정을 진행하고 있을 때였다. 어떤 교수이며 대선배님께서 나의 임용을 개인적인 이유로 반대하신 것이었다. 그때도 우복희 선생님은 내 편에 서서 나의 능력을 그분에게 대변해 주셨다.

선생님은 어떤 상황에서도 나를 믿어 주고 지지해 주셨다. 언제나 나에게 온전하고 든든한 뒷배가 되어 주셨다. 여전히 우복희 선생님은 단순히 스승이나 선배이시기보다 나에게는 제2의 어머니와 같은 존재이시다.

〈우복희 선생님과 목동병원 30주년 행사에서, 2023년〉

10

100권의 책 읽기, 새로운 도전

인턴 1년과 산부인과 레지던트 시절은 고되고 어려웠다. 그러나 다양한 의료 상황과 현장에서 배우는 많은 경험은 나에게 자극이 되고 의술을 익히는 데 도움이 되었다. 지치고 어려운 일상을 나는 최대한 즐겁게 보내려고 애썼다. 잠이 부족한 날도 있었고 체력적으로도 버거웠지만, 나태하거나 게을러지지 않으려 부단히 노력했다.

특히 인턴 시절에는 의대 전공 서적 외에 다른 책들을 읽어서 다방면의 공부를 하고 싶었다. 성공한 CEO와 정치인들의 공통된 습관 가운데 하나가 책을 많이 읽는다는 사실을 알고 있었던 나에게 책 읽기는 꼭 이루고 싶은 도전이 되었다. 나는 1년 동안 100권의 책 읽기를 새로운 목표로 삼았다.

중국 표현에 "좌옹서성 가진관천하(坐擁書城 可盡觀天下)"라는 말이 있다. '책의 성에 앉으면 천하가 보인다'는 의미이다. 사람이 만 권의 책을 읽으면 신의 경지에 이른다는 말과도 크게 다르지 않다. 문제는 시간적인 여유조차 없는 상황에서 정말 가능할 수 있을까 하는 의심이 앞섰다는 것이었다.

그러나 망설이며 시간을 보내기보다는 무작정 한 페이지라도 읽어 보자고 다짐했다. 나는 비록 만 권의 책을 읽지는 못하더라도 시작이 절반이니 한 권이라도 읽는 것이 중요하다고 생각했다. 마음을 먹자 바로 책을 사서 읽기 시작했다. 자투리 시간을 활용하면서 틈틈이 읽다 보니 1년 후 90여 권의 책을 읽을 수 있었다.

인턴 생활이 절대 쉽지 않을 거라고 생각했지만 정작 책을 읽기 시작하자 오히려 스트레스를 해소하는 데 도움이 되었다. 90여 권의 책을 읽었다는 사실은 나에게 생활의 동기부여가 되었다. 100권의 목표를 완벽하게 채우지는 못했으나 계획을 세우고 도전하면 무엇이든 이룰 수 있다는 기쁨을 다시 맛보게 되었다. 스스로가 대견하고 뿌듯했다.

무엇보다 책을 통해 알게 된 다양한 수많은 정보와 지식은 나에게 유익한 도움이 되었다. 또한 세상의 다채로움을 이해하고 앎에 대한 호기심을 충족하는 과정은 나 자신을 더 크고 깊은 세상으로 안내하는 것 같았다. 그것은 매우 의미 있는 내면의 성장이 되었다. 어린 시절 경험했던 도전과 성취의 기쁨을 고스란히 일깨웠고

배꽃에서 피워 온 김영주의 시간들

새로운 도전이 두렵지 않았다.

책에 대한 즐거움을 깨달은 이후로 나는 지금까지 책 읽기를 게을리하지 않는다. 예전처럼 1년 단위로 목표를 세우면서 읽지는 못하지만 독서의 좋은 습관이 나에게 남은 것은 큰 수확이 되었다.

히사츠네 케이이치는 『Visual Thinking』에서 독서하는 교양인을 "자신이 존재하는 지점을 항상 끊임없이 확인하는 사람"이라고 정의한다. 나는 독서를 통해 나의 존재를 확인하고 탐구하려고 노력하고 있다. 그것은 독서가 단순히 책을 읽는 행위가 아니라 생각을 끌어내는 유용한 도구임을 알기 때문이다.

11
—
좌충우돌 의사 되기

사실 전공의 시절은 전혀 녹록지 않았다. 오히려 견디기 어려운 힘든 일들과 상황들이 하루도 빠짐없이 계속되었다. 특히 산부인과 의국은 군기가 매우 강해서 1년 차 선배님들이 무섭게 규율을 잡기로 유명했다. 차트 정리가 조금이라도 안 되어 있으면 선배들은 차트를 찢거나 빨간색 펜으로 그어 놓았다. 매일매일을 견뎌 내는 것이 어느 날은 지옥 같이 느껴지기도 했다.

나는 1년 차 전공의 명단에서 가나다순으로 이름이 가장 앞에 있었다. 그 이유로 3월 1일 휴일 당직을 처음 서게 되었다. 그때만 해도 하루에 제왕절개분만과 자연분만이 15건이나 있을 정도였다. 그 덕분에 3월 1일 단 하루에만 작성해야 하는 admission note와 progress note의 분량은 1달 내내 정리해도 끝이 나질 않았다.

배꽃에서 피워 온 김영주의 시간들

그것만으로도 엄청난 스트레스를 받고 있었다.

전공의 시절을 함께 보낸 문혜성 교수, 류현미 교수와 최경희 선생이 나의 동기였다. 그중에서도 문혜성 교수(현재 이대서울병원 로봇수술센터장)가 차트 정리나 다른 일들을 아주 많이 도와주었다. 내 마음을 들여다보듯 필요한 곳마다 나를 돕던 그의 손길은 살아 있는 천사 같았다. 그 감사한 인연으로 옛날이나 지금이나 그는 나의 진정한 조력자이자 친구로 남아 있다.

게다가 그때만 해도 나는 매우 자존심이 강해서 잘못하지 않은 일에는 선배님들에게 잘 굽히지 않았다. 정의롭지 못한 선배라는 생각이 들 땐 공손하게 대하지도 않았다. 그런 나의 태도는 선배들에게 건방져 보이고 버릇없이 느껴졌던 모양이었다. 유독 나에게만 매일 반복되는 것 같은 선배들의 험한 질타와 지적들을 참을 수 없게 되었다.

이런저런 일들로 나의 레지던트 생활은 평탄하지 않았다. 그 때문에 병원을 그만두고 싶다는 생각까지 하게 되었다. 의료 활동에서 생기는 다양한 문제들보다 오히려 선배들과의 갈등은 나에게 심한 스트레스를 주었다. 힘들어하는 내 모습을 눈치채신 부모님과 교수님들은 그때마다 진심 어린 조언으로 나를 위로하고 응원해 주셨다.

한 번은 병원을 뛰쳐나갔던 적도 있었는데 역시 1년 차 선배 전공의와의 갈등 때문이었다. 후배인 내가 좀 참았어야 했지만 선배의 부당한 지적을 참지 못하고 볼펜을 내던지며 문을 박차고 나가 버렸다. 그러나 1년 차 시절 내가 병원을 나가도 막상 갈 곳이 별로 없었다.

나는 그길로 단양으로 향했고 단양의료원의 산부인과 과장으로 계셨던 김경애 선생님을 찾아갔다. 선생님은 대전의 중소 병원에서 외과 과장을 지내실 때 내가 인턴으로 파견을 나갔다가 뵙게 된 인연이 있었다. 원래는 외과 전공의셨지만 산부인과 의사로 단양의료원에서 근무하고 계셨다.

선생님은 내가 인턴 시절이었을 때부터 무척이나 아껴 주셨다. 밤늦게 도착하여 단양의료원 숙소에 갔더니 선생님은 별로 놀란 기색도 안 하시고 침대에 자리를 봐 주셨다. 왜 왔느냐고 묻지도 않으시더니 그냥 푹 자고 내일 이야기하자고만 하셨다. 나는 그날 밤 오랜만에 단잠을 잤다.

그다음 날 단양팔경을 함께 돌아보면서 선생님은 그제야 왜 여기까지 내려왔느냐고 물으셨다. 나는 그간의 일들을 모두 상세하게 말씀드렸고 선생님은 묵묵히 내 얘기를 들어 주셨다. 특별한 조언도 잘못에 대한 지적도 없으셨다. 내 얘기를 다 들으신 선생님은 꽃병처럼 생긴 크고 예쁜 병을 주시면서 말씀하셨다.

"내가 이제 너를 서울에 데려다 줄 터이니 전공의 시절 동안 어려운 일이 생길 때마다 종이학을 한 마리씩 접어서 이 병에 넣어서 가지고 오렴. 그럼 내가 큰 상을 줄게."

　나는 선생님과 함께 병원으로 돌아왔고 그 후로 더 열심히 전공의 생활을 했다. 힘든 일이 생기면 종이학을 접겠다고 했지만 이상하게 종이학을 접을 일은 생기지 않았다. 그렇게 무사히 4년을 마칠 수 있었다. 김경애 선생님의 격려와 지지는 나를 단단하게 만들어 주셨다.

사람은 항상 껍질을 벗고 새로워져야 하고
항상 새로운 삶을 향해 나아가야 한다.
그렇게 한층 새로운 자기를 만들기 위한 탈바꿈을
평생 멈추지 말아야 한다.

- 니체 『즐거운 학문』

PART 2

새로운 시선으로
문을 여는 시간들

12

인생 내 편과의 만남

인생에서 오롯한 내 편을 만나는 것은 무한한 축복이다. 남편은 나에게 그런 사람이다. 어느 상황이나 어느 순간에도 그는 늘 나를 향해 마음을 쓴다. 긴 세월을 함께하며 한 번도 내 편이 아닌 적이 없었다. 그는 나의 마음의 동지이자 삶의 조력자이며 내가 가장 사랑하는 사람이다.

남편인 방명걸 교수(중앙대 동물생명공학과 교수)와의 첫 만남은 내가 동대문병원에서 레지던트 2년 차를 지낼 때였다. 서울대병원과 이대병원을 왕래하는 어떤 불임 연구원이 나에게 그 사람을 만나 보라며 소개했다. 소개를 받고 처음 만났을 때 나는 그의 이름을 듣고 깜짝 놀랐다. 이미 만난 적이 있는 사람이기 때문이었다.

소개받기 몇 개월 전, 불임 관련 심포지엄에서 그가 연구 발표를 한 적이 있었다. 당시 뛰어나게 발표를 잘하던 그를 나는 눈여겨보았다. 그런데 그 사람을 소개받은 것이었다. 그 사실만으로도 우리는 이미 특별한 인연이라는 생각이 들었다. 그는 당시 서울대병원에서 불임 연구원으로 근무하고 있었다.

진중하고 자상하며 동시에 냉철하고 명석한 그를 소개받던 날 나는 이미 그에게 마음을 빼앗겨 버렸다. 당시 나는 명문 대학 출신인 남자 전공의들에게서는 느낄 수 없던 포근하고 인간적인 매력을 첫날부터 나의 남편인 방 교수에게서 느낄 수 있었다. 특히 근엄하고 엄격하셨던 아버지와 다른 그의 다정함과 부드러움은 나를 위로하고 보호하는 느낌마저 들었다.

그와 사귀기 시작하자 이대동대문병원과 서울대병원에는 우리 둘에 대한 소문이 났다. 자연히 우복희 선생님도 우리들의 교제 사실을 듣게 되셨다. 어느 날 회진을 돌던 우복희 선생님께서 내게 물으셨다.

"너의 남편 될 사람은 뭐 하는 사람이니?"

"지금은 서울대병원의 불임 연구원이지만 나중에 중앙대학교 교수가 될 사람입니다."

나는 선생님께 남편을 교수가 될 사람이라고 소개했다. 이미 1985년에 세워 두었던 나의 계획에는 내 남편의 직업이 의사, 혹은 법률가, 아니면 교수라는 것을 확신했기 때문이었다. 그리고 나의 확신대로 남편은 2003년에 중앙대학교 교수가 되었다.

우리는 열렬한 연애 끝에 어려움을 딛고 1991년 가을에 결혼했다. 결혼은 두 사람이 서로를 이해하고 수용하며 함께 사는 것의 의미도 컸지만 나는 그 이상을 넘어 서로를 성장시켜야 한다고 생각했다. 내가 방명걸 교수의 멋진 삶을 응원하고 지지하듯, 남편도 언제나 나를 격려하고 모든 것에 지원을 아끼지 않는다. 그를 만난 것은 내 인생의 가장 큰 행복이다.

13

반화위복의 기회

먹구름 속에 갇힌 것 같던 레지던트 과정을 끝내고 1993년 2월에 나는 무사히 산부인과 전문의 자격을 취득했다. 그해 동대문병원의 펠로우를 거쳐 1993년 9월부터는 새롭게 개원한 목동병원에서 1년간 더 펠로우 생활을 했다.

그리고 드디어 1994년 9월에 나는 이화의대 산부인과의 전임강사가 되었다. 내가 1985년 모교 교수가 되겠다는 꿈을 꾼 지 9년 만이었다. 드디어 나의 첫 번째 꿈을 이루게 된 것이었다.

첫 번째 꿈을 이루고 난 후 나는 꿈이 지니는 가치와 의미를 새롭게 알게 되었다. 꿈은 얼마나 크고 얼마나 원대한 것인가가 중요하지 않았다. 그 꿈을 이루는 과정에서 내가 품었던 열정과 의지와 헌신이 가장 중요하다고 생각했다.

　배꽃에서 피워 온 김영주의 시간들

첫 번째 꿈이 이루어지자 나는 내 꿈을 이루기 위해 가졌던 믿음과 실천 방법이 옳았음을 새삼 깨닫게 되었다. 더 빛나고 반짝이는 새로운 꿈을 만들어 갈 수 있다는 용기와 자신감이 생겼다. 그것은 또 다른 성장이었다.

1993년 3월에 나는 이화여자대학교 의과대학의 박사 과정에 입학했다. 1993년은 내가 동대문병원에서 전임의를 하던 시기였고, 9월에는 목동병원으로 와서 전임의 시절을 보내고 있었다.

1993년 9월에 개원한 목동병원 분만실에는 정말 많은 산모로 가득했다. 산부인과에는 안정자 교수가 과장으로 있었고 김승철 교수, 정혜원 교수와 내가 하루에도 수없이 밀려드는 환자들 속에서 정신을 차릴 수 없을 지경이었다.

현재는 국내의 합계 출산율이 0.7%도 채 되지 않지만 그 당시만 해도 2%가 넘는 시기였다. 목동병원 2층의 분만장에는 병실과 베드가 부족하여 분만실 안에 이동 카(car)를 놓고 환자를 받아야 하는 상황이었다. 산부인과 의사라면 누구도 손을 놓고 있을 수 없었다. 우리는 밤낮을 가리지 않고 환자들을 돌보고 분만을 도와야 했다.

나는 산부인과 의사로서 환자를 진료하는 것도 좋았지만 연구를 몹시 하고 싶었다. 밀려드는 환자들 속에서도 연구의 끈을 놓지 않으려 노력했다. 목동병원 개원 후 1년 만에 chromosome(염색체)

을 분석하는 랩이 있는 한국생명과학연구소에 가서 공부를 병행했다. 유전학 랩을 세팅하고 양수의 분자유전학적인 방법인 FISH도 처음으로 시작했다. 때로는 PCR을 하다가 분만 환자가 오면 연구를 다 덮고 환자를 살피거나 분만을 시켜야 했다. 그 때문에 연구를 처음부터 다시 해야 하는 일도 비일비재했다.

내가 박사 논문으로 준비했던 연구 내용은 임신한 쥐에 LPS(lipopolysaccharide)를 복강 내로 주사하여 양수를 채취하고 사이토카인(cytokine)을 측정하는 실험으로 조산의 기전을 보는 연구였다. 여러 번의 실험 끝에 유의미한 결과를 얻을 수 있었고 이 실험 내용을 기반으로 학위 논문을 작성했다.

그러나 연구 내용이 미국의 한 교수가 발표한 것과 매우 유사하다는 이유로 첫 박사 학위 심사에서 고배를 마셨다. 나는 매우 자존심이 상했고, 열심히 연구하고 실험하여 작성한 논문이 표절 의혹을 받는다는 사실에 몹시 억울했다. 무엇보다 일과 연구를 병행하며 심혈을 기울였던 터라 그 상실감과 박탈감이 매우 컸다.

게다가 목동병원의 전임강사를 하면서 한 달에 200여 명이 넘는 분만 환자를 돌보는 와중에 겨우 시간을 쪼개어 연구했던 모든 과정이 허무하게 사라지는 기분이 들었다. 1인 4역, 5역을 하며 동물실에서 밤을 새우며 실험했던 초인적인 시간들이 제대로 보상받지 못하게 되자 서러움에 절망했다.

그렇게 이 일로 나는 인생에 대한 절망감과 패배감 같은 것을 느끼게 되었다. 그뿐만 아니라 나 자신이 너무나 한없이 초라하게 느껴졌다. 그것은 내가 경험해 보지 못했던 좌절감이었다.

사실 그 당시 나는 자신감에 가득 차 있었고 세상에 대해 겸손하지 못했다. 당연히 박사 학위도 쉽게 받으리라 생각했다. 그 때문에 학위를 통과하지 못하자 허탈함과 자괴감이 더 강하게 나를 괴롭혔다.

설상가상으로 그 당시 교육부에서는 소속 대학교의 교수가 동일한 대학의 대학원 학생이면서 동시에 교수 직위를 겸직할 수 없다는 규정이 강화되었다. 나는 부득이하게 교수직을 1년간 휴직할 수밖에 없었다. 갑자기 닥친 시련에 나는 무력해졌다. 어처구니없는 상황이 이해되지 않았지만 순응할 수밖에 달리 방법이 없었다. 그렇게 태세를 전환하자 극복할 방법도 찾게 되었다.

반화위복(反禍爲福)이라는 말이 있다. 어떤 불행한 일이라도 끊임없는 노력과 강인한 의지로 힘쓰면 불행을 행복으로 바꾸어 놓을 수 있다는 의미이다. 부정적인 순간을 긍정적으로 바라보면 더 나은 해답이 될 수 있다는 말이기도 하다. 교수직을 휴직한 것이 나에게 불행한 일이라고 생각했지만 긍정적으로 생각을 바꾸자 오히려 득이 되는 시간이었다.

그 1년의 기간 동안 나는 논문을 위한 연구에 더 전념할 수 있게 되었다. 다시 차분하게 박사 학위 논문의 문제점을 분석하고 새롭게 설계했다. 과감하게 표절이 의심되는 부분을 도려내고 새로운 시각에서 연구에 집중했다. 어디에 내어놓아도 손색이 없을 수준의 논문을 발표하리라 다짐했다. 그것만이 나의 자존심을 회복하는 방법이었다.

그렇게 1년간 의지를 불태우며 박사 논문을 위한 연구와 실험을 다시 진행한 끝에 1997년 드디어 원하던 학위를 취득할 수 있었다. 나는 박사 학위 논문을 영어로 작성하여 『Am J Obstet Gynecol』 잡지에 제출했다. 그 잡지의 부편집장(Associate Editor)이었던 김문현 교수는 논문의 내용이 매우 훌륭하다며 게재를 수락하셨다.

그러나 문제는 영어의 수준이 부족하다는 점이었다. 나는 우복희 선생님의 소개로 연세대 총장실에서 영어 논문 교정을 도와주시는 분께 부탁드려 제대로 수정했다. 그 후 몇 차례의 반복 수정 끝에 『Am J Obstet Gynecol』에 등재될 수 있었다. 무엇보다 의미 있었던 것은 나의 논문이 우리 산부인과 의국에서 처음으로 외국 잡지에 실리게 되었다는 사실이었다.

* 다음은 나의 최초의 영어 논문 제목이다.

Young Ju Kim, MD, PhD, Jung Ja Ahn, MD, PhD, and Bock Hi Woo, MD, PhD, The effect of cytokine mediators on prostaglandin inhibition by human decidual cells, Am J Obstet Gynecol 1998: 179(1): 146-149

14

—

새로운 세상에 던져진 나

1998년, 의료원장이셨던 우복희 선생님께서 나에게 미국 연수를 제안해 주셨다. 당시 교수들이 외국 연수를 가려면 교수 경력 7년이 지나야 했기 때문에 나는 엄두도 내지 못하고 있었다. 그런데 마침 새로 생긴 병원의 주니어 교수들을 빨리 연수 보내 미국의 의료 경험을 익히도록 하자는 의견이 거론되기 시작했다.

그 덕분에 나는 의대 학장님과 동창회 기금으로 1999년 1월부터 Iowa 대학으로 연수를 떠나게 되었다. 교수가 된 지 4년 반 만이었다. 나에게는 특별한 기회이자 행운이었다.

그즈음 남편은 1993년에 이미 미국에서 박사 과정으로 버지니아주 Eastern Virginia Medical School(세계에서 처음으로 시험관아기가 탄생한 학교)에서 박사 학위를 받고 돌아온 상태라 함께 떠날 수 없는 형편이었다. 나는 어린 두 아들(6세, 8세)만 데리고 먼 이국땅으로 출발해야 했다.

　미국의 낯선 아이오와에 처음 도착했을 때는 정말 막막했다. 특히 아이오와의 겨울은 처음 경험하는 영하 20도 이하의 추위였으며 너무나 매서웠다. 눈은 무릎까지 푹푹 빠질 정도로 많이 내렸는데 겨울을 어떻게 이겨 내야 할지 두려움이 앞섰다.

　그러나 나는 새로운 모험과 도전을 즐길 준비가 되어 있었다. 그런 근거 없는 자신감이 어디에서 나왔는지 알 수는 없었지만 이상하게도 나에게 은총과 축복의 시간이 기다리고 있음을 확신했다.

　막막했던 미국 생활은 다행히 Iowa 침례교회의 목사님 부부의 도움으로 차츰 적응할 수 있었다. 남편이 함께 와서 세팅을 도와주고 떠나자 오롯이 홀로 아이들과 미국 생활을 개척해 나가야 했다. 예상은 하고 있었지만 미국 생활이 쉽지 않았다.

　미국에 도착했을 당시 나는 영어 회화를 잘하지 못했다. 언어 소통이 원활하지 못한 것은 타국에서 문제가 되었다. 한 번은 우리 아이들을 데리고 놀러 간 적이 있었다. 마침 그때 아이오와에 학생으로 유학을 와 있던 박혜숙 선생님과 홍영선 선생님과 함께였다.

　우리는 아이오와의 큰 gym에서 하는 축제에 갔다. 그 당시 미국에서 gym의 축제에 입장하려면 빨간색 리본으로 된 입장권을 손목에 차도록 했다. 입장권을 종이로 주는 것이 아니라는 사실을 정확히 알지 못했던 나는 그 상황이 당황스러웠다.

입장하려는 순간 영어를 제대로 알아듣지 못한 나에게 건장한 사내가 뭐라고 말하는 영어 음성이 들렸다. 그는 왜 레드 리본을 손목에 묶지 않았느냐고 말하고 있었지만 나는 당황한 나머지 그 소리를 오해하여 듣게 되었다.

그의 말을 '레즈비언 어쩌고'라는 소리로 들은 나는 "I am not a lesbian!"이라고 그에게 소리쳤다. 그 순간 미국인 스태프는 어처구니없어 하며 크게 황당해하는 것 같았다. 나는 내가 오해했다는 사실을 알아차리자 몹시 당혹스럽고 창피했다. 그는 천천히 레드 리본을 손목에 묶어야 한다고 다시 설명했고 나는 그제야 제대로 이해하게 되었다.

우리는 레드 리본을 손목에 묶은 후에야 gym에 입장하여 축제를 재미있게 즐길 수 있었다. 그러나 당시의 그 당혹감과 부끄러움은 지금도 얼굴이 붉혀질 정도로 잊지 못하는 사건이 되었다. 그 뒤로 나는 영어 회화 공부를 더욱 열심히 하여 외국인과의 소통에서 실수하는 일이 없도록 했다.

그때의 충격은 지금까지 이어져 1996년부터 하루도 빠짐없이 아침마다 영어 회화 연습을 게을리하지 않는다. 그 덕분인지 이제는 어느 정도 소통에 자신감을 얻게 되었다.

미국 생활을 시작하면서 나는 모든 날을 후회 없이 지내자고 자신에게 다짐했다. 그 다짐의 하나로 나는 매일 새벽 4시에 일어났다. 일어나서 가장 먼저 하는 일은 새벽 기도를 다녀오는 것이었다. 내가 누리는 모든 축복의 중심에는 하느님의 섭리와 은총이 함께하고 계심을 알기에 누구보다 성실하게 신앙생활을 하고 싶었다. 나는 미국에 머무는 동안 새벽 기도를 하루로 빠지지 않고 지켰다.

교회에 다녀오면 아침밥을 지어 아이들에게 먹이고 아들 둘을 데이케어(day care)와 초등학교에 보냈다. 한순간도 의미 없게 사용할 수 없었다. 미국 연수에 나를 보내 준 선생님들의 호의를 생각하면 어떤 성과라도 만들어야 한다고 생각했다. 그것이 내가 보답하는 방법이었고 그렇게 하고 싶었다. 나는 항상 실험실에 가장 먼저 도착하여 온종일 눈코 뜰 새 없이 많은 실험을 진행했다.

그런데 생활비가 빠듯한 것이 문제였다. 학교와 병원에서 정식으로 연수를 보내 준 것이 아니고 동창회 기금으로 온 상황이어서 지원금이 넉넉하지 않았다. 알뜰하게 생활하려고 노력했지만 어느 순간 한계를 느끼게 되었다. 일주일을 기도하며 고민하던 나는 나의 PI(Jeffrey Murray, 유전학자, 소아과 의사)에게 사정을 말해 보기로 했다. 그때는 달리 방법이 없었기 때문에 밑져야 본전이라고 생각했다.

PI를 찾아간 나는 어눌한 영어로 나의 상황을 설명했다. 생활비가 부족해 우리 아이들에게 햄버거조차 사 주기에도 돈이 모자라니 앞으로 2배 이상의 실험을 한다면 나에게 월급을 더 줄 수 있겠

배꽃에서 피워 온 김영주의 시간들

냐고 물었다. 그는 나의 능력을 확신하지 않는 눈치였지만 다행히
도 얼마간의 월급을 더 주었다.

그렇게 생활비 걱정은 덜게 되었으나 그렇다고 생활이 넉넉한
편은 아니었다. 그럼에도 불구하고 나는 최대한 절약하고 알뜰하
게 생활하면서 돈을 모았다. 그리고 한국에 돌아왔을 때 그 돈으로
PCR 기계를 2대나 살 수 있었다.

물론 나는 PI와 약속한 대로 실험을 아주 열심히 진행했다. 필
리핀에서 온 임신성 고혈압 임신부의 혈액으로 SNIP 검사를 하는
것이 나에게 맡겨진 실험이었다. 나는 보란 듯이 원래 부탁받은 실
험의 양보다 3배나 더 진행해 모든 과정을 8개월 만에 마칠 수 있
었다.

그런 나의 태도는 이미 오래전부터 체득된 열정적인 노력의 자
세에서 비롯되었다. 목표를 세우면 어떠한 상황에서도 끈기와 불
굴의 의지로 도전을 멈추지 않았다. 늘 그렇듯 할 수 있다는 신념
이 나의 태도를 결정했다.

내가 소속된 실험실 랩에는 PCR 기계가 40대 있었는데 아침 일
찍 출근하면 나는 그중 20대의 PCR 기계에 모두 Dr Kim으로 사인
하고 실험을 시작했다. 원래 종일 다른 사람들은 PCR-SSCP gel을
두 개 만들기도 벅찬 수준이었지만 나는 하루에 8개를 만들어 냈
다. 실험실의 많은 사람은 나의 능력에 감탄하며 놀라워했고, 한국
인들은 모두 그렇게 일을 열심히 하는지 궁금해했다.

나는 1년 안에 모든 실험을 완성했으며 『Am J Obstet Gynecol』
과 『Hypertension』 영어 논문지에 그 연구 결과를 게재하는 기쁨
을 얻게 되었다. 동창회 기금으로 연수 기회를 얻게 되었던 감사함
을 그렇게 보답할 수 있었다.

Subject: You are different!
 Date: Mon, 28 Jun 1999 09:51:06 -0500
 From: "Jong Lee" <jong_lee@email.msn.com>
 To: "Young Ju Kim" <kyj@genetics.uiowa.edu>

Dear Ms. Kim

Please regard this as a letter of thanks for the lunch you made for young
people earlier this month. All the foods were declicious. You and your
mother-in-law are great cooks. I also appreciate the remarks you made after
the meal. I was impressed. You stuck me as a woman of vision and
determination. Very good. In pursuing your goal, remember the qualities of
a ood Christian leader I shared with you last night. 1) Be a servant. 2)
Take the initative. 3) Don't gamble. Use good and sound judgment. 4)
Speak with confidence. 5) Get excited. Be enthusiastic. 6) Look for
opportunities. 7) Set the pace. Show examples. 8) Motivate the people.
I hope these will be of great help to you. Let's stay in touch. See you
tomorrow morning. Bye.

〈Iowa 침례교회 이종구 목사님의 E-mail〉

배꽃에서 피워 온 김영주의 시간들

15

고되지만 복된 삶의 이야기

산부인과 의사로 수없이 많은 환자를 진료하면서 나는 크고 작은 여러 가지 어려움을 겪었다. 의사가 모든 질병을 고칠 수는 없듯이 나에게도 의술의 한계를 느끼는 경험들이 있었다. 그럴 때면 나는 무의식적으로 하나님께서 나와 함께하시리라는 확신으로 신앙에 의지하곤 했다. 내가 의사로서 최선을 다했어도 고칠 수 없는 부분이 있다면 하나님께서 그것까지 고쳐 주시리라 믿었다. 그리고 그런 믿음이 현실로 이루어지는 놀라운 경험을 수차례 했다.

한번은 어느 봄날, 임신성 고혈압이 매우 심한 산모가 입원했다. 그 환자는 얼굴과 온몸이 붓고 단백뇨가 심할 뿐만 아니라 다른 증세도 심각했다. 출혈이 한번 시작되면 멈추지 않았다. 그때가 아마 부활절을 며칠 앞두고 있었는데 그날 나는 환자 상태가 매우 나빠져서 제왕절개를 해야 할 것 같다고 판단했다.

며칠 후 급히 보호자와 상의하고 수술을 통해 아기를 분만하기로 했다. 수술 일정이 결정되자 다음 날 오전 10시에 수술에 들어갔고 오후 3시가 되어서야 수술이 끝났다. 제왕절개술만으로 안되어 자궁을 다 들어내는 수술이었다. 환자를 중환자실로 옮기고 밤늦게까지 나는 환자 옆을 지키며 치료와 간호를 했다.

그런데 수술 후 환자는 상태가 더욱 나빠지면서 폐에 물이 차고 숨을 쉬지 못하게 되었다. 수술 부위에 출혈이 심하여 피를 30병이상이나 수혈했지만 나아지지 않았다. 환자 상태는 점점 더 나빠지고 복강 내에서는 출혈이 멈추지 않았다. 그때가 부활절 전날이었다.

나는 그 환자를 안고 간절하게 하나님께 기도를 올렸다. 기도 밖에는 내가 할 수 있는 것이 없었다.

"하나님, 이 환자를 살려 주세요. 제가 의사로서 최선을 다했으나 제가 할 수 있는 게 더는 없습니다. 이제는 하나님께서 이 환자를 살려 주시옵소서."

기도를 마치고 한참을 더 환자 옆에 있다가 무거운 마음으로 교수실로 돌아와 지친 몸을 잠시 추슬렀다. 몸은 무척 피곤했지만 환자 걱정에 마음이 편치 않아 쉬어도 쉬는 것이 아니었다. 나는 중환자실로 다시 돌아갔다. 그때가 바로 부활절 새벽이었다.

그런데 놀랍게도 그 짧은 시간 동안 환자는 회복세로 들어섰고

배꽃에서 피워 온 김영주의 시간들

호흡도 정상으로 하고 있었다. 믿을 수 없는 기적 같은 일이었다. 안정을 찾아가는 환자를 보니 기쁨의 눈물이 흘렀다. 할렐루야! 나는 하나님께 깊은 감사의 기도를 올렸다.

그 뒤로 아침마다 하루도 빠짐없이 환자들을 위해 기도했다. 그리고 이상하게도 환자에게 문제가 생기는 날은 나에게 어떤 식으로든 미리 하나님께서 알려 주시는 놀라운 경험을 하게 되었다.

다음은 2000년, 의약분업으로 파업 때 내가 진료해 주었던 산모에게서 태어난 딸이 2023년에 나에게 보낸 감사의 편지이다. 이 편지는 나에게 산부인과 의사로서의 고된 삶과 보람 있는 삶을 동시에 느끼게 한다.

고마운 선생님: 김영주 교수님

안녕하세요. 저는 2000년생 8월 4일생인 신애리라고 합니다.

저는 당시에 41cm, 1.53kg인 미숙아로 태어났습니다. 저희 어머니께서는 2000년 8월 3일 당시 병원 정기검진을 받으러 예약해 둔 병원으로 향하던 중이셨습니다. 저희 아버지께서는 해외 출장에 가 있으신 상황이어서 외삼촌과 할머니와 향했다고 합니다.

어머니는 그날따라 아침부터 몸이 너무 안 좋으신 걸 느꼈음에도 아무것도 모르고 병원으로 향하셨는데, 해당 병원에서는 증세가 좋지 않다며 더 큰 병원으로 급히 가 보라고 했다고 합니다. 그래서 향하게 된 곳이 '이대목동병원'입니다.

듣기로는 당시에 의료 파업 시기라 의료진이 아예 없었다고 합니다. 그런데, 잠깐 필요한 서류를 가지러 오신 김영주 교수님께서 저희 어머니를 발견하셨다고 합니다.

듣기로는 저희 어머니께서는 임신중독으로 혈압이 190-200mmHg일 정도로 머리가 안 터진 게 신기할 정도였다고 합니다. 그럼에도 불구하고 어머니는 계속 집에 가겠다고만 반복하셨는데, 그 상황에서 김영주 교수님이 "당신 지금 집 가면 죽는다"라고 하시며 강제로 팔을 침대에 묶어서 못 가게 막으며, 가슴을 세게 당기는 등 정신을 차리게 하려고 완강하게 행동을 취하셨다고 합니다.

그리고 새벽에 수술하고 저는 결국 2000년 8월 4일 새벽 6시 21분에 1.53kg으로 태어났습니다. 그 후에도 어머니께서는 며칠간 의식을 못 차리시는 상황이었고, 깨어날지 안 깨어날지 모르는 상황이었습니다.

또한 친척 모두가 아기는 죽을 거 같다며 일부러 정을 안 붙이려, 인큐베이터에 있는 저를 일부러 아무도 보러 안 갔다고 합니다.

당시에 외삼촌이 회사 휴무라서 어머니를 병원으로 데려다준 행운, 마침 병원 정기검진 날이었던 행운도 있지만, 의료 파업 중인 시기임에도 잠깐 병원을 들르신 김영주 교수님을 만난 것이 가장 천운인 것 같습니다.

간간이 가족끼리 얘기할 때 이 이야기가 나오긴 했지만, 그때마다 네이버 검색에서 김영주 교수님의 근황을 보고 아직 의사 일 하시는구나 하며 감사한 마음을 가지고 넘어갔습니다. 이번에 병원 홈페이지에서 보다가 우연히 〈감사합니다〉 게시판을 발견해, 감사한 마음을 전하고 싶어 이렇게 글을 쓰게 되었습니다.

저희 부모님께서는 약 20년 전 개인적으로 찾아가서 감사 인사를 드렸던 적이 있으시다 합니다. 당시에는 교수님께서 기억하고 계셨는데, 꽤 오랜 시간이 지난 현재도 기억하실까 모르겠습니다.

교수님께서는 그저 수많은 수술 중 단 한 케이스일 뿐이겠지만, 저와 어머니로선 김영주 교수님이 안 계셨으면 그 자리에서 죽을 운명이었습니다. 김영주 교수님을 만나게 된 건, 저와 어머니를 포함해 제 가족에게 정말 큰 행운이라고 생각합니다.

김영주 교수님, 저에게 삶을 살아갈 기회를 주셔서 감사합니다. 이 글을 보실지는 모르겠지만, 다음에는 따로 찾아가서 인사드리겠습니다. 다시 한번 감사합니다.

〈신애리 씨의 감사의 글〉

2023년 12월에 이대서울병원에서 열린 이화-한화 여성 공감 콘서트에서 신애리 씨와 나의 환자였던 그녀의 어머니를 초대하여 이야기도 나누고 사진도 함께 찍었다.

16

—

48시간으로 쓰는 24시간과 꿈 수첩

간혹 나는 나의 역할이 무엇인지, 어디에 중심을 두고 살아야 할지 고민할 때가 많았다. 임상 의사로서 많은 환자를 진료해야 하고, 동시에 연구의 끈을 놓지 않기 위해 열심히 실험하고 논문을 작성하는 것은 기본이었다. 게다가 집에서는 아이들의 엄마로, 아내로, 며느리로 살아가는 나의 삶은 1분 1초를 아껴도 부족한 상황이었다.

일인다역을 하는 삶이 절대 쉽지는 않았다. 어쩌다 집안에 문제라도 생기면 마음이 복잡하여 다른 일에도 영향을 끼쳤다. 그런 상황에서 중심을 잡고 잘 처리해 나가기 위해서는 큰 노력이 필요했다. 나는 이 많은 역할과 일 속에서 24시간을 48시간처럼 쪼개어써야 했다. 그러기 위해서는 시간 관리를 철저하게 하지 않으면 아무 일도 해 나갈 수가 없었다.

* 다음은 젊은 시절의 시간 관리에 대해 나만의 노하우를 보여 주는 글이다. 이 글은 이대 2012년 동창회보에 실렸다.

생생한 꿈은 이루어진다

의과대학 시절을 지나 인턴이 되면서부터 나는 시간 관리에 관한 수많은 책을 읽었다. 그러면서 동시에 시간을 어떻게 관리해야 인생에 성공할 수 있을까에 대한 고민을 참 많이 했다. 그때 나는 시간을 성공적으로 관리하기 위해서는 목표를 분명하게 가져야 한다고 생각했다.

우리가 시간을 관리해야 하는 이유는 인생에서 성공하기 위해서이고 그것을 위해서는 목표, 즉 꿈을 분명하게 가지고 있어야 한다. 한 예로 미국의 유명한 하버드 대학의 학생 100명에게 꿈을 가지고 있느냐는 질문을 했을 때 그들 중에 10%만이 꿈이 있다고 했다. 그런데 그중에서도 단지 3%만이 자신의 꿈을 손으로 써서 가지고 있으면서 매번 그 꿈을 위해 실천한다고 했다. 그리고 그들은 성공한 삶을 살았다고 했다.

이처럼 시간 관리와 꿈(목표)을 갖는 것은 떼려야 뗄 수 없는 관계이다. 여기에서 중요한 것은 인생의 성공을 위해서는 3P를 실천해야 한다는 사실이다. 3P는 Plan(자신의 계획을 노트 위에 써라), Picturize(그 계획을 그림으로 그려 언제나 꿈을 꾸어라), 그리고 마지막 Pray(하나님께 간절히 기도하라)이다. 여기에서 Picturize가 중요한데 문제는 우리가 지금 여의 사이고 웬만큼 성공했다고 생각해서 별로 그 이상의 꿈을 그리지 않는 것 같다는 사실이다.

하지만 나의 경우에는 언제나 꿈이 있었다. 의과대학 시절에는 교수가 되는 것이 나의 꿈이었고, 교수가 된 다음에는 (작년에 이룬) 산부인과학회에서 최고의 논문상을 타는 것이 나의 꿈이 되었으며, 지금도 나는 꿈을 꾸고 있다. 여기에서 꿈은 Vivid Dream(생생한 꿈)이여야 한다. 『꿈꾸는 다락방』을 쓴 이지성 씨에 따르면 Vivid Dream is Realization(생생한 꿈은 이루어진다) 즉 R=VD라고 할 수 있다.

이와 관련해서 한 가지 재미있는 예가 있다. 미국이 베트남 전쟁에 참여했을 때 미국의 제임스 네스멧 소령이 베트남 공군에 잡혀 감옥에 갇히게 되었다. 그때 소령은 매일 골프장을 마음속에 그리면서 18홀을 4시간씩 도는 꿈을 꾸었다고 한다.

그리고 7년이 지나자 소령은 감옥에서 풀려나게 되었고 꿈에 그리던 골프장에 가게 되었다. 그런데 전쟁 전에는 90타밖에 치지 못하던 사람이 단지 감옥 속에서 꿈만 꾸었는데도 70타로 골프 실력이 현저하게 좋아졌음을 확인했다. 이처럼 긍정적인 생생한 꿈(positive vivid dream)이 더욱 중요하다. 이 글을 읽는 동창님들은 이제부터라도 긍정적으로 생생한 꿈을 꾸기를 부탁한다.

자, 이제 본론으로 들어가서 그러면 이렇게 생생하고 긍정적인 꿈을 매일 꾼다고 했을 때, 정말로 중요한 시간은 어떻게 관리를 해야 하는

가? 우리는 먼저 자신이 사용하고 있는 시간에 대해서 생각해 보고, 우리가 사용하고 있는 24시간의 시간 중에서 가장 긴급하고 중요한 일, 긴급한데 중요하지 않은 일, 긴급하지 않지만 중요한 일, 마지막으로 긴급하지도 중요하지도 않은 일을 하는 시간을 구분해 보아야 한다.

먼저 긴급한데 중요한 일들은 무엇이 있을까. 여기에는 아마도 의사라면 환자를 진료하고 치료해야 하는 일, 시험을 봐야 하는 전공의들은 시험 준비를 하는 일 등이 들어갈 것이다. 또 긴급하지만 중요하지 않은 일은 무엇일까. 이는 쓸데없는 전화가 여기에 들어갈 것이다. 긴급하지도 중요하지도 않은 일은 무엇일까. 이는 TV를 긴 시간 동안 시청하는 일 등이 여기에 들어갈 것이다. 마지막으로 중요하지만 긴급하지는 않으면서 오랜 시간을 두고 해야 하는 일은 무엇일까. 이것에는 영어 회화, 운동, 책 읽기, 신앙 훈련, 봉사 등이 여기에 포함될 것이다.

우리가 시간을 관리하기 위해서는 긴급하지는 않지만 오랜 시간을 두고 해야 하는 중요한 일을 할 때는 많은 시간을 투자해야 한다. 그리고 그 나머지에 들어가는 시간을 철저하게 체크하여 줄여 나가야 한다. 이것이 시간을 잘 관리하는 중요한 팁이 된다. 개인적으로 나는 이를 위하여 1996년부터 지금까지 일주일에 3회 운동을 반드시 하고 있고, 영어 회화도 1996년부터 지금까지 매일 아침 7시 40분부터 20분간 공부하고 있다.

따라서 언제나 긍정적이고 생생한 꿈을 꾸면서 긴급하지는 않지만 천천히 지속적으로 해야 하는 일들을 꾸준하게 목표를 세워서 해 나가야 한다. 그래야만 성공적인 시간 관리를 통하여 아름다운 삶을 살 수 있게 되는 것이다.

끝으로 이 글이 시간 관리를 잘해 보고자 하는 여러 동창님들에게 진심으로 도움이 되기를 바라면서 지면으로 이렇게 쓸 기회를 주신 동창회와 하나님께 깊은 감사를 드린다.

나는 이런 꿈들을 이루기 위해 매해 신년이 되면 작은 양지 수첩에 나의 목표를 썼다. 그것은 나의 가장 중요한 새해 행사였다. 그 목표에 대하여 매달마다 기도의 응답이 이루어지면 나는 다시 기도 제목과 함께 이루어진 나의 꿈을 수첩에 정리했다.

* 다음은 지난 20여 년의 이상 동안 내가 항상 소지해 온 나의 꿈 수첩들이다.

〈2000년부터 2023년까지 나의 꿈의 수첩들〉

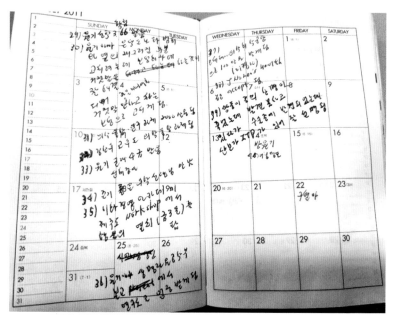

〈나의 기도 제목과 이루어진 꿈들〉

나는 연세대학교 보건대학원의 보건행정학과에서 2001년 3월부터 2003년 8월까지 공부하여 보건학 석사 학위를 취득했다. 이때 낮에는 목동병원에서 임상 의사로 무수히 많은 환자를 돌보았고 밤에는 야간 대학원에 다니면서 공부했다. 늘 그렇게 24시간을 분 단위로 쪼개듯 살아왔지만 일과 공부의 병행은 사실 언제나 매우 피곤하고 힘들었다.

한번은 재학 시절, 연세대학교 캠퍼스로 급하게 가다가 발을 삐끗하여 오른쪽 새끼발가락에 금이 가는 사고를 당했다. 그 덕분에

배꽃에서 피워 온 김영주의 시간들

몇 달 동안 남편이 머리를 감겨 주는 호강을 누려 보기도 했다. 발에 깁스해서 여러모로 불편했지만 나는 그것을 핑계로 학업이나 병원 업무를 게을리하지는 않았다.

나는 그동안의 경험을 노하우로 삼아 더 열심히 공부했다. 힘에 겨워 지치고 쓰러져도 할 수 있다는 생각만 했다. 만일 불가능한 어떤 것을 이루고 싶다면 그것을 이루는 유일한 방법은 '가능하다고 믿는 마음'이라며 스스로 주문을 외웠다. 그리고 늘 기도하면서 하나님께 의지했다.

그렇게 공부한 끝에 석사 학위로 DRG에 관한 논문을 작성했고 졸업 때에는 우수논문상을 받았다. 석사 과정을 끝내고 나니 통계와 역학에 관한 공부를 더 잘할 수 있게 되었다. 이는 후에 나의 연구에도 큰 도움이 되었다.

* 다음은 2007년에 내가 병원 신문에 기고한 내용이다. 나는 『좋은 병원 2010』이라는 책을 연세대학교 보건대학원 팀과 공동으로 기획하여 출간했다. 이 책에 의하면 좋은 병원이란 잘 낫게 하는 병원, 환자가 믿고 신뢰하는 병원, 신속하고 정확한 병원, 시설 좋고 깨끗한 병원, 친절한 병원을 의미한다.

[18]   2007년 4월 23일(월요일)   병 원 신 문   제19

병원신문 창간 21주년 기념
연세대보건대학원 공동기획

김영주 이대목동병원 산부인과 교수

신뢰할 수 있는 의료진, 잘 낫는 병원

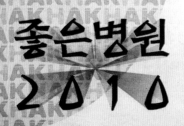

청찬은 고래도 춤추게 한다

의술·인간성 겸비…성의 있는 응대와 관심 원하

좋은 병원이란 잘 낫게 하는 병
. 환자가 믿고 신뢰하는 병원, 신
하고 정확한 병원, 시설 좋고 깨
한 병원, 친절한 병원을 의미한
. 이 글에서는 신뢰할 수 있는 의
진과 잘 낫는 병원이 어떤 병원
지에 대해서 이야기하고자 한

1. 신뢰할 수 있는 의료진
신뢰할 수 있는 의료진이란 좋
의사를 말한다. 환자가 어떤 기
으로 병원을 선택하는지를 살펴

목소리를 살펴보면 환자들은 하
드웨어보다는 소프트웨어를 중요
하게 여기는 것 같다. 예를 들어 평
판이 좋은 병원은 의사선생님이
상냥하고 정중하며 인사성이 좋고
웃는 얼굴을 보이는 반면 이에 반
하여 평판이 나쁜 병원은 의사선
생님이 화를 잘 내고 간호사가 무
뚝뚝하고 설명을 잘 안 해주며 전
화응대가 나쁘고 인사성이 좋지
않은 병원이라고 환자들은 생각하
고 있다.

이와 비슷하게 병원 외래를 방

결정한다면 어떤 기준으로 병원을
선택하는지를 물었더니 가장 많은
경우가 '의사가 성의 있게 설명을
한다'(37%)였으며 그 다음은 '의
사로서의 경험이 풍부하다'(26%)
의 순이었다. 이는 어떤 의사가 호
감이 가느냐라는 질문에도 같은
응답을 보였으며 의사선생님께 이
야기를 듣고 힘이 나는 말을 질문
하였을 때는 '걱정 없습니다'
(39%)가 가장 많았고 그 다음이 별
일 아닙니다(20%)의 순이었다.

앞으로의 의사는 환자의 증세를

모와 복장을 하고 있으면서 친절
한 전화응대를 하고 항상 웃음 짓
는 얼굴과 다정한 목소리를 하는
의사이며 환자를 대하는 태도에
있어서도 환자의 마음을 읽고 환
자의 말을 끝까지 들어 주고 의사
환자 잘 난 척 하기보다는 환자의
협력을 이끌어 낼 수 있어야 하겠
다. 또한 질문은 여러 가지 질문이
나올 수 있는 질문보다는 답이 한
가지로 국한되는 질문이 좋고 상
담은 쉬운 내용부터 하면서 환자
를 대할 때 어린아이 같이 부드럽

지 않은 의사라고 할 수 있

그러면 신뢰할 수 있
상은 어떤 상일까? 필자
학 본과 1학년 때 이런 =
의사이며 환자를 대하는 :
적이 있다. 내가 과연 먼 =
가 된다면 어떤 모습일까
가 내린 결론은 나는 '부
실력이 있는 외유내강의
되겠다'라는 결심을 하
내가 내린 결론은 옳았
우리가 신뢰할 수 있는
은 speed, quality, reliab
의사라고 할 수 있는데

17

—

새로운 나로 이끄는 힘

나의 삶에서 새로운 인간 김영주로 다시 태어나는 과정은 크리스천이 됨으로써 가능했다. 나는 신앙생활을 시작한 이후 구체적으로 설명할 수 없는 하나님의 위대한 은총과 축복을 수차례 경험했다. 이에 대해서는 내가 다니는 성북교회의 간증문으로 대신하고자 한다.

간증문

사울이 바울 됨 같이, 저도 진열장의 유리판 같은 차갑고 날카로운 '김영주'가 부드럽고 따뜻한 '영주'가 되었습니다.

말씀: 사도행전 9장 1절-9절

1 사울이 주의 제자들에 대하여 여전히 위협과 살기가 등등하여 대제
  사장에게 가서

2 다메섹 여러 회당에 가져갈 공문을 청하니 이는 만일 그 도를 따르는
  사람을 만나면 남녀를 막론하고 결박하여 예루살렘으로 잡아 오려
  함이라.

3 사울이 길을 가다가 다메섹에 가까이 이르더니 홀연히 하늘로부터
  빛이 그를 둘러 비추는지라.

4 땅에 엎드려져 들으매 소리가 있어 이르시되 사울아, 사울아 네가 어
  찌하여 나를 박해하느냐 하시거늘

5 대답하여 주여 누구시나이까 이르시되 나는 네가 박해하는 예수라.

6 너는 일어나 시내로 들어가라 네가 행할 것을 네게 이를 자가 있느니
  라 하시니

7 같이 가던 사람들은 소리만 듣고 아무도 보지 못하여 말을 못 하고
  서 있더라.

8 사울이 땅에서 일어나 눈은 떴으나 아무것도 보지 못하고 사람의 손
  에 끌려 다메섹으로 들어가서

9 사흘 동안 보지 못하고 먹지도 마시지도 아니하니라.

배꽃에서 피워 온 김영주의 시간들

[간증]

사울과 같은 삶

몇 주일 전 임동환 장로님으로부터 전 교인 수련회 때 간증해 달라는 부탁을 받았습니다. 저는 정말로 그동안 기다렸다는 듯이 아주 선선히 승낙했습니다. 그러나 아무런 준비도 하지 못한 채 시간만 흘려보냈습니다.

산부인과 의사로서 내가 없으면 분만이 걱정되는 여러 명의 산모를 미리 앞당겨 수술도 하고 분만도 하느라 바빴습니다. 매일 10분이라도 의자에 앉아서 간증에 대한 이런저런 준비를 해야 했으나 조금의 여유도 찾을 수 없었습니다.

단지 간증에 대한 부탁을 받은 그다음 날부터 기도만 했습니다. 저는 고3인 우리 큰아들 때문에 집 근처 가까운 교회로 새벽 기도를 다니게 되었습니다. 새벽 기도에서 제가 처음으로 하나님에 대한 간증을 사람들 앞에서 할 기회를 주셨으니 그 간증을 은혜롭게 잘해서 하나님께 영광을 돌려주십사 청원만을 했습니다.

그러던 어느 새벽, 목사님의 설교 말씀이 제 마음에 와닿았습니다. 그 말씀은 사도행전 9장 1절에서 9절 말씀으로 사울이 예수님을 믿고 바울이 되는 장면을 보여 주시는 말씀이었습니다.

그 순간 저는 나도 예수님을 믿기 전에는 다른 사람들이 너무나 차갑고 냉정하여 내게 붙여 주었던 '진열장의 유리판'이라는 별명을 가진 '사울'과 같은 사람이었는데 예수님을 믿고 나서는 누구에게나 친절하고 다정하여 많은 사람으로부터 따듯하고 부드러운 사람으로 인식되어 마치 '바울'과 같은 사람으로 대접을 받게 되었구나 생각을 하게 되었습니다.

사울로서 살았던 저의 삶은 제가 태어나던 해부터 1990년 원기 아빠를 만나기까지 28년의 삶이었습니다. 어려서 부모님을 일찍 여의고 자수성가하신 우리 아버지의 네 딸 중 첫째로 태어난 저는 어려서부터 부모님의 큰 기대를 받으며 자랐습니다. 저는 그 기대에 실망을 드릴 수 없어 열심히 공부했고 언제나 1등을 놓치지 않는 우수한 학생이 되었습니다.

성적은 언제나 1등이었지만 1등을 놓치지 않기 위해서 언제나 제 주위의 친구들을 적수로만 생각했습니다. 동생들에게는 언제나 신경질만 부리고 집이 조금만 정리가 안 되어 있어도 물건들을 내던지며 소리를 질렀습니다. 그러면서도 손 하나 까닥하지 않는 그런 무서운 언니였습니다.

우수한 성적으로 중학교를 졸업하고 고1 때 서울로 전학을 와서도 역시 성적은 매우 좋아서 전교 3등으로 고등학교를 졸업하게 되었습니다. 저는 당연히 의대에 입학할 것으로 생각했지만 좋은 성적을 받지 못하면서 그 꿈이 좌절되는 시련을 맛보았습니다. 제 인생의 처음 겪는 시련이었고 큰 상처가 되었습니다.

그러면서 동시에 마치 제가 시험을 잘 못 보게 된 것이 굉장히 힘이 센 절대자가 제 인생에 어떤 목적을 가지고 저를 다시 돌아보게 한다는 느낌을 받았습니다. 처음 겪는 좌절 앞에서 고민도 많았습니다. 그러던 어느 날, 아버지의 말씀과 권유로 재수를 결심했고 다시 1년 동안 성실하게 공부했습니다.

그 결과 다음 해에 이화여대 의대에 수석으로 입학하게 되었습니다. 그런데 의과대학에 들어와서도 저의 삶은 여전히 하루하루가 힘들고 어려운 시간이었습니다. 공부할 분량은 많고 체력은 약하여 따라 주지 않았습니다. 극도로 예민해진 저는 매일매일 동생들과 부모님께 짜증을 부리며 화를 내곤 했습니다.

그러던 저에게 변화가 찾아온 것은 원기 아빠를 만난 후부터였습니다. 산부인과 레지던트 1년 차를 마치고 2년 차가 되었을 때였습니다. 처음 원기 아빠를 만났던 곳은 대학로의 '오감도'라는 곳이었는데 그때 원기 아빠는 잘생긴 모습은 아니었습니다. 그동안 제가 만났던 보통의 사람들과는 매우 다른 모습이었습니다.

그런데 그는 아버지의 소개로 만났던 사람들과 제 주위에 있었던 소위 집이 부유하고 학벌이 좋은 남자들에게서 느끼지 못했던 특별함을 지니고 있었습니다. 그때는 그 모습이 어떤 것인지 모르고 그냥 편하고 좋은 사람이라고만 생각했습니다.

그리고 저희는 네 번의 만남 만에 결혼을 약속했습니다. 여러 가지 어려움이 있었지만 1년간의 힘겨운 시간을 겪어 낸 후, 1991년 10월 4일에 부부가 될 수 있었습니다.

바울과 같은 삶

사울의 모습에서 바울의 모습이 되는 시기인 저의 인생 중반부는 삶의 자세가 새롭게 변화된 시간이었습니다. 1991년부터 2010년까지 20년의 세월 동안 진열장의 유리판같이 차가웠던 나의 이미지가 따뜻하고 부드러운 바울의 이미지로 바뀌어 갔습니다.

원기 아빠와 결혼한 후에도 저는 여러 가지 어려움에 직면했습니다. 결혼 후 얼마 지나지 않아 시아버님께서 평소 가지고 있던 고혈압에 의한 뇌출혈로 쓰러지셨습니다. 그리고 중환자실에 입원하여 계시다가 6개월 만에 돌아가셨습니다.

또 원기 아빠는 둘째 준기를 임신한 저를 두고 홀로 미국에 박사 학위를 공부하러 떠났습니다. 원기 아빠가 박사 학위를 받기 위해 미국에 갔기 때문에 저는 교수가 되기 전 펠로우의 월급만으로 큰아들인 원기와 시어머니, 시동생들과 살아야 했는데 그것은 매우 어려운 일이었습니다.

저는 그때 하나님께 하루빨리 교수가 되게 해 달라고 간절히 기도했습니다. 하나님은 저의 기도를 들어주셨고 1994년 가을 저는 모교의 전임강사가 되었습니다. 1993년에 개원한 이대목동병원은 그때 너무나 많은 환자가 밀려들었습니다. 저는 아침부터 밤까지 힘들게 환자를 진료하고 수술을 해야 했습니다.

그런데 모교의 교수가 되었다는 기쁨도 잠깐이고 저에게 또다시 매우 어려운 두 가지 시련이 닥쳐왔습니다. 하나는 박사 학위를 위해 제출한 논문이 미국의 유명한 의사의 실험과 매우 유사하여 학위를 줄 수 없다는 통보였고, 다른 하나는 교육부의 규칙이 강화되어 동일 학교의 교수는 그 학교에서 박사 학위를 받을 수 없다는 것이었습니다.

저는 무척 속상해하며 하나님께 간절히 기도했습니다. 그리고 다시 연구에 몰두하여 실험을 진행했습니다. 그 결과 다행히 제가 제출한 박사 학위 논문은 우리 산부인과 교실에서 처음으로 미국의 아주 좋은 잡지에 영어 논문으로 실리게 되는 영광을 안았습니다.

이제 뒤돌아보니 정말 저의 인생에서 어려운 시절마다 하나님이 저와 함께하셨다는 것을 알게 되었습니다. 제가 힘들어서 쓰러질 때는 뒤에서 저를 부축하여 한 걸음씩 앞으로 가게 하신 분이 하나님이셨습니다. 그 사실을 깨닫는 것이 너무 오래 걸렸다는 생각이 들었습니다.

원기 아빠는 1997년, 미국에서 3년 만에 박사 학위를 받고 한국으로 돌아왔습니다. 그때부터 카이스트 연구원, 벤처 사장 등을 했지만 저는 남편인 방 집사가 모교의 교수가 되기를 간절히 기도했습니다. 그러던 2003년 9월, 방 집사는 중앙대학교의 교수가 되었습니다. 지금 생각해 보면 하나님은 제가 기도했던 것 모든 것들을 들어주셨습니다.

의사로서의 나의 삶

의사로서 병원에서 일할 때 저는 하나님이 저와 함께하시고 제가 의사로서 최선을 다해도 고칠 수 없는 부분까지도 고쳐 주시는 놀라운 경험을 했습니다. 한 번은 임신성 고혈압이 심한 산모를 수술하고 위독해진 상황에서 하나님의 치유 은총을 경험한 일이 있습니다.

그때가 부활절 전이었는데 그날 저는 환자를 제왕절개수술로 아기를 분만시켰습니다. 그러나 수술 후 환자의 상태가 더욱 나빠져서 폐에 물이 차고 숨을 쉬지 못하게 되었습니다. 게다가 수술 부위에 출혈이 심하여 수혈을 30병이나 했지만 나아지지 않는 것이었습니다.

환자를 중환자실로 옮기고 저는 밤늦게까지 환자의 옆을 지키면서 치료를 했습니다. 그러나 환자의 상태는 점점 나빠지고 복강 내에서 출혈이 멈추지 않았습니다. 저는 그 환자를 가슴에 안고 간절하게 하나님께 기도를 올렸습니다.

"하나님 이 환자를 살려 주세요. 제가 의사로서 최선을 다했으나 이제 제가 할 수 있는 일은 더 없습니다. 이제는 하나님께서 이 환자를 살려 주시옵소서."

그런데 밤을 새워 환자 곁은 지킨 후, 부활절 새벽이 되자 놀랍게도 환자는 회복세로 돌아섰고 호흡도 정상이 되었습니다. 기적이 이루어진 것이었습니다. 할렐루야! 저는 하나님께 눈물을 흘리며 깊은 감사의 기도를 올렸습니다.

그 뒤로 저는 하루도 빠짐없이 아침마다 환자들을 위해 기도했습니다. 그러자 이상하게도 환자에게 문제가 생기는 날은 저에게 어떤 식으로든 미리 하나님께서 알려 주시는 놀라운 경험을 했습니다.

또한 교수로서의 저의 생활 모두에서 어려운 일이 있을 때마다 하나님께 기도했습니다. 영어로 논문을 작성해야 하는데 잘 안될 때마다, 그리고 영어 논문을 제출했으나 10번이나 떨어져 포기하고 싶을 때마다 하나님께 기도하면 하나님은 그 논문이 완성되어 채택되도록 도와 주셨습니다.

이렇게 열심히 노력한 결과 저는 이대 의대에서 주는 베스트 닥터상, 산부인과학회 학술상, 그리고 한국여자의사회에서 받는 상 등, 여러 가지 상을 받는 영광을 안았습니다.

가정생활

결혼 후 저는 친정 부모님께 매우 죄송하지만 친정집에서 살 때보다 훨씬 더 편안하고 행복한 삶을 영위할 수 있었습니다. 언제나 저를 배려해 주시고 아껴 주시는 시어머님과 저를 아낌없이 사랑해 주는 사랑하는 나의 남편 방 집사 덕분이었습니다.

저는 마음 편하게 아내로서, 며느리로서, 의사로서, 교수로서의 역할을 모두 잘할 수 있었던 것 같습니다. 이런 방 집사의 진심은 친정 부모님께도 전달되어 이제는 사위 중에서도 아버지의 신뢰와 사랑을 가장 많이 받는 큰사위가 되었습니다.

그뿐만이 아니었습니다. 누가 시어머니와 며느리의 사이를 갈등 관계라고 했을까요? 저의 시어머님은 믿음이 아주 깊으시고 새벽 기도를 지금도 빠지지 않고 다니시는 신앙 깊은 분이십니다. 저는 비록 어머님이 많이 배우시지 못하셨지만 어머님을 존경하고 사랑합니다.

지금도 어머님은 힘드신 70세의 노구를 이끌고 목동에서 원자력병원으로 3시간 동안 차를 타고 다니며 전도하시는 분입니다. 우리 가정이 이만큼 신앙적으로나 물질적으로나 복적인 면에서 하나님의 축복을 받게 된 것은 모두 다 어머님의 믿음과 기도 덕분이라고 저는 확신합니다.

결혼 후에 저는 신앙을 믿지 않는 가정에서 시집와서 여러 가지가 매우 힘이 들었습니다. 주일날은 늦잠도 자고 싶고 쉬고 싶은데 아침부터 저녁까지 교회에 있어야 했습니다. 더군다나 어머님은 주일날에는 돈을 쓰지 못하게 하셨습니다. 그리고 더욱 어려운 점은 한창 공부를 해야 하는 원기, 준기에게 주말에는 학원을 가지 못하게 하고 공부도 못 하게 하시는 것이었습니다.

그리고 처음으로 드리게 되는 십일조는 왜 이렇게 아까웠는지 모르겠습니다. 하지만 제 신앙이 점점 자라나면서 저는 기꺼운 마음으로 십일조도 드리게 되었습니다. 주일날은 전혀 돈을 쓰지 않았고, 쓸 일이 있다면 미리 토요일에 모든 시장을 봐서 준비했습니다. 그리고 어머님 말씀처럼 원기와 준기도 주일에는 공부를 전혀 시키지 않게 되었습니다.

하지만 원기가 고3이 되자 왜 주일날 공부를 하지 못하냐면서 불평을

배꽃에서 피워 온 김영주의 시간들

하기 시작했습니다. 학원과 학교 선생님들은 하루의 시간도 부족한데 고등학생이 주일에 공부하지 않는 것은 말도 안 된다며 이해하지 못했습니다. 어떤 선생님은 미쳤다고 하는 등 심한 말을 하기도 했습니다.

그럼에도 불구하고 방 집사와 저는 꿋꿋하게 신앙을 지켰습니다. 다행히 그 후로는 원기의 담임 선생님으로 믿음이 좋으신 분을 만났고 아들의 성적이 많이 향상되었습니다. 할렐루야!

신앙인으로서의 삶

교회에 출석하고 나서 저는 방 집사와 함께 유치부 교사, 유초등부 교사 등을 맡아 지난 10년 이상의 시간 동안 열심히 봉사해 왔습니다. 때로는 응급 수술이 있어서 유초등부 예배를 못 드릴 때도 있고, 공과 공부를 준비하는 것조차 버거울 때도 있었습니다. 그러나 이제는 저희 반 아이들이 너무나 사랑스럽습니다. 그래서인지 저희 반 학생들의 출석수는 언제나 넘쳤던 것 같습니다.

유초등부 학생들은 주일날 맛있는 간식을 사 달라고 떼를 쓰는 경우가 많았습니다. 그럴 때마다 저는 주일날 돈을 쓰지 않기 때문에 미리 토요일에 준비한 간식을 주기도 하면서 그 아이들을 달래곤 했습니다. 이제는 아이들도 제가 주일에는 돈을 쓰지 않는다는 것을 알기 때문에 그렇게 떼를 쓰지는 않습니다. 정말 귀엽고 사랑스러운 천사 같은 아이들입니다.

저는 어렸을 때 의사가 아닌 선생님이 되는 것이 제 꿈이었습니다. 그래서 의사가 된 후 교수가 되려고 노력했고 그런 노력 덕분에 교수가 될 수 있었습니다. 그래서인지 유초등부에서 학생들을 가르치는 일이 저에게는 매우 즐겁고 행복한 일입니다.

저는 1주일에 3회의 새벽 기도를 결심하고 실천하게 되었습니다. 1주일에 3일은 어김없이 새벽마다 교회에 가서 기도했습니다. 밤에 응급 환자가 있는 날은 그다음 날 가는 식으로 한 번도 빠지지 않고 새벽 제단을 쌓았습니다.

그런데 정말 놀라운 것은 새벽 기도에서 청원한 일이 오늘까지 37가지나 이루어졌다는 사실입니다. 때로는 연구비나 과제를 수주하는 일, 영어 논문이 채택되는 일 등의 제 개인적인 일들, 방 집사와 관련된 일들 그리고 원기의 성적이 놀랍도록 향상되는 아이와 관련된 일들, 그 외에도 여러 가지 제 주변의 일들이 기도에서 응답을 받았습니다.

얼마 전에는 제가 속한 이대병원의 산부인과 1년 차 3명 중 1명이 개인 사정으로 그만두게 되어 결원이 발생했습니다. 그 바람에 다른 레지던트들이 힘이 들어서 9월에 뽑게 되는 레지던트 충원을 미리 하자고 의견이 모였고, 마침 그동안 점찍어 둔 사람에게 산부인과 레지던트를 하면 어떻겠느냐는 제의를 했습니다.

그런데 우연히도 제가 그 사실을 듣게 되어 그럼 제가 새벽 기도에서 그 일이 이루어지도록 하나님께 기도를 드리겠다고 약속했습니다. 하지만 그 친구는 산부인과에 지원할 뜻이 없다면서 전화를 받지 않았고 레지던트들은 매우 크게 실망한 상태였습니다. 저는 계속 기도를 했습니다.

그런데 며칠이 지나고 레지던트 3년 차가 저에게 "선생님, 하나님이 선생님의 기도를 들어주셨어요. 글쎄 그 아이가 산부인과 전공의가 되겠다고 갑자기 전화했다는 것입니다." 할렐루야!

그 일이 있고 나자 신앙을 믿지 않는 레지던트들도 기도의 응답이 있다는 것을 알게 되었습니다. 그리고 저에게 "선생님, 다음에는 전공의의 숫자가 3명에서 4명으로 늘어나게 기도해 주세요"라고 부탁하기도 했습니다.

이제 간증을 맺으려고 합니다.

이번 주 새벽 기도에서 목사님께서는 예레미야 33장 3절을 통해 "너는 내게 부르짖으라. 내가 네게 응답하겠고 네가 알지 못하는 크고 은밀한 일을 네게 보이리라"라는 말씀을 주셨습니다.

사랑하는 성북교회 여러분, 사울이 바울 됨 같이 저도 진열장의 유리판 같은 '김영주'에서 부드럽고 따뜻한 '영주'가 되었습니다. 여기 계신 모든 성도님, 저보다 신앙이 더 깊으신 분도 많이 계시겠지만 저의 진심 어린 간증이 여러분의 삶에 귀한 도움이 되었으면 합니다.

예레미야 33장 3절에서 하나님이 하신 말씀처럼 "하나님은 우리들의 아주 작은 신음에도 응답하시는 분"이라는 사실을 잊지 마시길 바랍니다. 마지막으로 우리 함께 제가 가장 좋아하는 복음 찬송인 "주만 바라볼지라"를 다 함께 찬양합시다.

2019년 성북교회에 권사로 취임한 후, 현재 나는 성가대의 알토 파트에서 봉사 중이다

〈성가대에서 찬양하는 모습〉

배꽃에서 피워 온 김영주의 시간들

〈교회에서 계란말이를 하는 나〉

〈권사 취임식 날 가족들과 함께, 2019년〉

당신에게 있어서 가장 힘든 시기는
종종 당신의 삶에서 가장 위대한 순간으로 이어진다.
그런 힘든 시기가 당신을 더욱 강하게 만들어 줄 것이다.

- 로이 T. 베넷

PART 3

성장의 영역을 넓히는
시간들

18
—
열정은 삶을 풍요롭게 만드는 비밀

2013년 9월, 이순남 선생님께서 의료원장이 되시고 유권 선생님께서 병원장이 되실 때 나는 교육연구부장을 맡게 되었다. 교육연구부장의 역할은 인턴과 전공의 레지던트들을 살피는 일이었다. 그들의 고충을 들어 주고 격려하는 일이 쉽지 않았지만 늘 그렇듯 최선을 다해 열심히 해 나갔다.

당시 기획조정실장을 조영주 선생님께서 맡고 계셨다. 선생님은 나의 4년 선배로 학생 때부터 나의 우상이셨다. 조영주 선생님은 늘 1등을 놓치지 않는 선배로 학교에서도 유명한 분이었다. 특히 그 당시 생화학과의 성낙응 학장님은 나를 볼 때마다 '너는 조영주하고 이름은 같은데 왜 1등을 못 하느냐'고 핀잔을 주시곤 하셨다.

조영주 선생님을 만나지 못했던 때부터 나는 그분의 이름을 그렇게 듣고 있었고 마음으로 존경하고 있었다. 그 덕분에 병원에서 조영주 선생님을 뵙게 된 후, 나는 어려운 일이 있을 때마다 의논드리면서 2년의 교육연구부장 시절을 잘 보낼 수 있었다.

2015년 8월, 새롭게 김승철 의료원장님과 유경하 선생님이 병원장을 맡으시면서 일단 나는 6개월의 시간을 조금 여유 있게 보낼 수 있었다. 여전히 할 일은 산적해 있고 진료와 연구를 병행하고 있었지만 그간의 생활보다는 훨씬 편안한 시간이었다. 그렇다고 성격상 무작정 쉬지는 않았다. 나에게는 또 다른 계획, 새로운 도전이 있었기 때문이었다.

생각해 보면 나는 도전을 즐기는 삶을 살고자 했던 것 같다. 나에게 도전이란 인생을 흥미롭게 만들고 삶에 의미를 부여하는 중요한 모티브였다. 남들과 다른 열정으로 새로운 것에 도전하는 자체가 희열과 기쁨으로 활기가 되었다. "열정은 삶을 풍요롭게 만드는 비밀"이라는 말처럼 나에게도 그런 열정이 있어서 감사했다.

나는 그동안 내가 하고 싶었는데 시간이 없어서 하지 못했던 중국어 공부를 시작했다. 그것은 나의 능력과 삶을 확장하는 새로운 시도였다. 로버트 링거는 그의 책 『ACTION!』에서 "배움에 대한 투자는 그 어떤 것보다 큰 보상을 가져다주는 씨 뿌리기"라고 말한다. 나는 배움을 투자라고 생각하기도 했지만 또 하나의 신나는 도전이라고 생각했다. 신나는 일은 지치지 않고 오래 간다는 사실을 알기 때문이었다.

'차이홍'에서 일주일에 한 번씩 중국어 선생님이 방문하여 학습하는 중국어 교육 프로그램을 신청했다. 개인별 스케줄에 맞춰 학습을 진행할 수 있고 수준과 단계를 고려한 학습이 마음에 들었다. 처음에는 새로운 언어를 공부하기가 쉽지 않았지만 어느 정도 시간이 지나자 차츰 적응되면서 자신감이 붙었다.

그리고 지금까지도 계속하는 중이다. 주변의 지인들은 2015년부터 2024년 현재까지 단 한 번의 중단 없이 중국어 공부를 하는 나의 모습에 놀라워한다. 매일 아침 영어 회화를 공부하는 것처럼 나는 내가 한번 시작한 일은 절대 포기하지 않는다. 그것은 명확한 목표와 그것을 이루려는 내 안의 뜨거운 열망을 간직하고 있기 때문이다.

내가 믿는 꿈의 실현과 성공의 열쇠가 그 열정 속에 담긴 끈기와 도전임을 남들은 알지 못할 것이다. 열심히 중국어를 공부한 결과 나는 2023년 중국학회에 가서 좌장을 맡았다. 중국어로 학회 진행을 하게 되었는데 그런 나의 모습을 본 많은 중국 사람들과 주변인들이 놀라워하며 감탄했다.

사실 내가 중국어에 관심을 두게 된 것은 아버지의 영향 덕이었다. 아버지는 내가 의과대학 본과 1학년일 때 대만 국립정치대학의 교수로 지내셨다. 그 당시 우리 집에는 대만에서 가져온 술, 과자, 책, 불상 등이 가득했다. 무엇보다 중국어가 매우 유창하셨던 아버지는 유난히 멋져 보이셨다. 나는 그때부터 아버지와 중국어로 대화하고 싶은 꿈이 있었다.

　2018년에 아버지가 돌아가시기 전까지 짧고 서툰 중국어로 아버지와 대화를 하며 내 실력을 선보이곤 했다. 아버지는 미소 지으며 잘못된 중국어 표현을 정확하게 알려 주셨다. 이제는 더 중국어로 이야기를 나눌 수 없지만 그 시간이, 그 미소가 너무나 그립다. 아마도 지금의 내 실력을 아신다면 아버지도 기뻐하시지 않을까.

〈2015년부터 공부해 온 '차이홍 중국어' 교재들〉

19
—
나의 소명, 조산예방치료센터와 조산연구회

로버트 그린은 그의 저서인 『인간 본성의 법칙』(The Laws of Human Nature)에서 "자신의 내면에서 들려오는 목소리에 귀를 기울여 인생의 소명을 발견하고 지침으로 삼으라"라고 권한다. 나는 산부인과 의사로서 나의 소명이 무엇인가 한동안 기도한 적이 있었다. 그리고 내 안의 목소리가 들려주는 소명을 조산 문제의 해결이라고 생각했다.

당시 조산의 위험성을 파악하고 이를 예방 및 개선하고자 하는 마음이 간절하던 때였다. 국가적으로도 2014년 10%에 이르는 조산율로 그 심각성이 문제시되던 중이었다. 모든 산부인과 의사들도 심각하게 그 문제를 고민하고 있었다. 산모의 건강뿐 아니라 아기의 생명까지 지킬 수 있는 예방책을 찾는 것이 급선무였다.

조산은 산모가 37주 전에 분만하는 경우를 말한다. 산모와 아이 모두 생명이 위험할 뿐만 아니라 이렇게 태어난 조산아는 미숙아로서 호흡이나 뇌 기능 등이 모두 약하여 여러 면에서 신생아실의 집중 간호를 받게 된다. 집중 치료와 간호를 받는 조산아의 사망률은 2014년 기준으로 전체 영아 사망자의 60%에 달했다.

만일 생존하더라도 신경계 발달장애, 호흡기계 합병증, 출생 후 성장 지연 등으로 심각한 장·단기간의 질환에 걸릴 가능성이 크다. 이를 개선하기 위해서는 엄마의 배 속에 아기를 가능한 한 오래도록 머물러 성장시켜야 하는 것이 관건이었다.

나는 2011년부터 2020년까지 대한모체태아의학회의 조산연구회 회장으로 22개의 전국 대학병원 교수님들과 조산의 위험 인자 발굴을 위한 KOrean Preterm collaboratE Network(KOPEN) 연구를 시행했다. 그리고 그 결과 『International Journal of Medical Sciences』(2020)에 논문이 실리는 영광을 안았다.

또한 2014년부터 2019년까지 보건복지부로부터 '저출산 대응 의료 기술 개발 과제'를 수주받았다. 그 덕분에 '조산과 태아 손상 조기 진단용 바이오마커 및 조산 방지 치료법의 개발'이라는 과제를 시행하여 조산 연구를 꾸준히 진행할 수 있었다.

그중에서도 기억에 남는 프로젝트는 VICTORIA(Vaginal compared with intramuscular progesterone for preventing preterm birth in high-risk pregnant women) 연구이다. 이는 우리나라 최초의 전국 16개의 다기

관 공동 연구로 자궁 경부의 길이가 2.5cm로 짧거나 조산의 기왕력이 있는 고위험 임신부에게 프로게스테론 근육주사와 자궁 경부에 넣은 프로게스테론의 질정의 효능을 보는 연구자 임상 주도의 연구 과제였다.

이 프로젝트는 2014년에 시작하여 한화제약의 도움과 보건복지부 과제의 덕택으로 5년의 세월이 걸려 완성했다. 삼성서울병원의 최석주 선생님이 매우 큰 역할을 했다. 드디어 VICTORIA 과제의 논문을 작성한 지 1년 후에 2020년 『British Journal of Obstetrics and Gynecology』에 실리게 되었다. 나는 이 논문 덕택으로 한국여자의사회에서 주는 한독학술대상을 받을 수 있었다.

또한 조산예방치료센터의 센터장으로 조산의 위험성이 큰 임산부들을 예방하고 치료해 주는 데 큰 역할을 담당하게 되었다.

2015년 03월 25일 수요일 H03면 기획특집

[김/영/주 이대목동병원 산부인과 교수]

"조산 예방은 나의 소명"

"아이는 물론 산모까지 위험할 수 있는 조산, 무엇보다 예방이 가장 중요합니다. 현장치료는 물론 연구에도 집중해 아이가 안전하게 엄마 뱃속에서 자랄 수 있게 해야죠. 그것이 바로 제 소명입니다."

우리나라 최초의 여성병원인 '보구여관'을 세운 이대의료원은 여성질환의 진단·치료에 있어 다양한 평가지표에서 1위를 놓친 적이 없을 정도로 특화돼 있다. 특히 임신, 분만, 신생아 및 부인병을 맡아보는 산부인과에는 국내 최고의 명의들이 포진해 있다. 김영주 교수(사진)는 고위험임신, 그중에서도 조산(早産·37주 이전에 분만하는 경우)분야의 명의다.

조산은 일반적으로 임신 20주를 지나 37주 이전에 분만하는 것을 의미한다. 세계적으로 전체 출생의 5~10%가 조산이다. 우리나라는 출산율이 지속적으로 감소하는데도 조산율은 2000년 3.8%에서 2010년 5.9%, 2011년 6%, 2012년 6.3%로 증가하고 있다. 최근에는 10%까지 올라간 것으로 알려졌다. 조산증가는 초혼연령 상승, 고령산모 증가, 체외수정술 증가 등이 원인으로 지목되고 있다.

김 교수는 "조산신생아는 전체 영아사망자의 약 60%"라며 "생존하는 경우에도 신경계발달장애, 호흡기계합병증, 출생 후 성장지연등으로 신생아집중치료가 필요하며 심각한 장·단기적 질환이 올 가능성이 높아 어떻게든 아이가 엄마 뱃속에 오래있게 해야 한다"고 말했다.

현재까지 조산치료는 징후가 왔을 때 적절한 치료를 통해 분만주수를 지연시켜 신생아성숙도를 높이는 방법위주다. 실제 조산의 약 75%는 조기진통, 양막파수, 자궁경관무력증, 융모막염등 위험신호를 연이어 보내기 때문에 의료진이 이를 잘 파악하고 적절히 치료해야 한다. 하지만 아무리 이상징후를 발견하고 치료한다고 해도 조산을 막을 수 없는 경우가 많다.

김 교수는 현재 조산 조기진단법과 조산방지약물치료에 온 역량을 쏟고 있다. 그는 "지난해 6월부터 '조산과 태아손상 조기진단용 바이오마커 및 맞춤형 조산방지 약물치료법 개발'을 주제로 다기관 공동연구를 총괄하고 있다"며 "비침습적 조산예측방법을 개발하고자 조기분만군과 만삭분만군의 산모혈액·태반조직에서 DNA를 추출, 조산예측이 가능한 후성유전자 개발에 나서고 있다"고 말했다. 이어 "개인의 유전자형변이에 따라 조기진통치료제의 합병증차이를 밝혀내고 환자유전자형에 따른 개인맞춤형 진통억제제 투여방법 개발에도 집중하고 있다"고 설명했다.

의료계 안팎에서는 그의 연구가 곧 결실을 맺을 것으로 보고 있다. 이 연구가 성공한다면 임신초기 진단, 관리를 통해 조산을 예방하고 조기진통산모에게 맞춤형 진통억제제를 투여할 수 있어 획기적인 대안이 될 수 있다. 김 교수는 "이 연구가 성공하기 위해서는 많은 임산부의 임상참여가 절실하다"며 "전국 24개 기관에서 임상을 진행하고 있으니 관심 있으면 문을 두드려 달라"고 당부했다.

헬스경향 이보람 기자 boram@k-health.com

"아이는 물론 산모까지 위험… 조기진단·조산방지약물치료 온힘"

배꽃에서 피워 온 김영주의 시간들

20
—
Ewha Medical Care, 소중한 나눔의 체험

나는 의료원과 의과대학에서 진행하는 Ewha Medical Care(EMC) 활동에 열심히 참여했다. 활동의 일환으로 베트남, 캄보디아 등의 나라에 의사, 간호사, 약사, 학생들과 함께 여러 차례 의료봉사를 다녀왔다. 그중에서도 캄보디아의 이화스랑학교로 봉사 활동 갔던 때가 가장 기억에 남는다.

2017년 1월 3일부터 10일까지 캄보디아 이화스랑학교에서 의료봉사와 초등학교, 중학교 학생들을 대상으로 강의도 했다. 물론 내가 한국어로 강의하면 선교사님이 캄보디아어로 통역을 해 주었다. 캄보디아 학생들의 초롱초롱한 눈과 진지한 표정이 아직도 생생하다. 가끔 그때 만났던 학생들이 지금 어떻게 성장했을지 궁금하다.

캄보디아 EMC 봉사에서 초등 및 중학생 대상 강의

이화의대 산부인과 김영주 교수

안녕하세요. 저는 한국의 이화여자대학교 의과대학의 김영주 교수입니다. 여러분을 만나게 되어 매우 기쁩니다. 여러분과 대화하기 전에 먼저 하나님께 기도 드리는 시간을 갖겠습니다.

"사랑과 은혜가 풍성하신 하나님 아버지, 저는 오늘 이화스랑학교의 학생들에게 저의 인생에 있어서 하나님이 함께하셨던 일들에 관한 이야기를 나누고자 합니다. 이 시간이 은혜로운 시간이 되도록 하여 주시고 저의 강의를 듣는 학생들에게 기쁜 감동과 축복의 시간이 되게 하여 주시옵소서. 예수님의 귀하신 이름으로 기도드립니다. 아멘."

저는 의과대학 학생을 가르치는 교수이면서 산부인과 의사입니다. 어렸을 때 여러분과 같이 초등학교 시절 저의 꿈은 학교 선생님이었습니다. 지금부터 약 40여 년 전의 이야기지요. 그래서 초등학교와 중학교 시절 정말 열심히 공부했습니다. 지금도 기억나는 것은 중학교 1학년 때 학교가 산꼭대기에 있었는데 영어 단어장을 들고 산꼭대기까지 걸어 다니면서 단어를 외웠던 기억이 납니다.

그때 우리 집은 기독교 집안이 아니었어요. 아버지는 매우 엄하신 분으로 언제나 1등을 하라고 하셨습니다. 한국에서 제일 좋은 대학인 서울대학교에 입학하라고 늘 강조하셨지요.

이런 아버지의 기대에 부응하기 위해 열심히 공부했지만 고등학교 3학년 졸업 후 첫 대학 입학시험에서 저는 성적이 좋지 않아 의과대학에 들어갈 수가 없었어요. 그래서 할 수 없이 간호사가 되기 위해 서울대학교 간호학과에 입학했어요.

그런데 입학하고 나서 한 달이 지나지도 않아 아버지는 다시 시험을 쳐서 의과대학에 들어가라고 하셨어요. 아침부터 저녁까지는 서울대학교 간호학과에서 공부를 하고 저녁에는 재수 공부를 다시 하라고 하셨어요. 저는 아버지의 말씀대로 했고 그다음 해에 다시 시험을 쳐서 이화여자대학교 의과대학에 1등으로 합격을 했어요.

그때 저는 하나님을 믿지는 않았지만 절대자가 있다는 생각을 하게 되었어요. 왜냐하면 제가 고3 때 성적으로는 전교에서 몇 등 안에 들어서 분명 의대를 들어갈 수 있는 성적이었지만 시험을 제대로 치르지 못해 의대에 들어가지 못했어요.

다시 재수해서 의과대학에 들어간다는 사실이 그때는 어떤 강력한 힘을 가진 절대자의 뜻이 아닐까 하고 생각하게 되었어요. 왜냐하면 의과대학에 수석으로 입학했기 때문에 저는 나중에 교수가 될 수 있었거든요. 만일 수석을 하지 않았다면 교수가 되기 어려웠을지도 모르는 일이었어요.

잠깐 우리 이화여자대학교에 관해서 설명을 하면, 우리 학교는 130년의 역사를 가진 학교에요. 130년 전 미국의 한 여자 선교사, 예수님을 믿는 여자 선교사인 스크랜튼 부인이 세운 학교입니다. 그리고 그 선교사의 아들이 지금 의과대학병원의 전신인 동대문병원의 옛날 병원, 즉 보구녀관을 설비하게 된 것입니다.

그 당시 우리나라의 이름은 조선이라는 나라였는데 매우 가난하고 여자들이 병원에 가서 진료를 자유롭게 받을 수 없는 나라였어요. 그래서 스크랜튼이라는 선교사가 여자들이 자유롭게 가서 진료를 받을 수 있는 보구녀관을 만든 것이지요. 그곳에서 통역을 돕던 김점동이라는 분은 하나님을 진실하게 믿는 신앙인이었어요. 그녀는 미국에 가서 열심히 공부해 우리나라 최초의 여의사가 되었고 우리나라에 돌아와서 헌신적으로 환자들을 돌보셨어요.

여러분의 나라인 캄보디아에 저는 작년 1월에 처음 오게 되었어요. 첫 번째로 보게 된 것이 뚜어슬랭 학살 박물관이었는데 크메르 정권 시절에 있었던 그 아픈 시간들을 보고 정말 깜짝 놀랐어요. 하지만 우리 모두에게 한 인간에게 그리고 한 국가에도 누구에게나 아픈 시절은 있습니다.

여러분들에게 그런 힘든 시절이 있었던 것처럼 우리 한국에도 일본의 식민지였던 매우 아픈 시절이 있었어요. 우리는 모두 이 어려움을 극복하고 새로운 세상을 위해 열심히 노력해야 한다고 생각합니다.

배꽃에서 피워 온 김영주의 시간들

제가 하나님을 믿게 된 것은 저희 남편과 결혼하게 되면서부터입니다. 의사가 되려면 의과대학을 6년 졸업하고 인턴과 레지던트 과정 5년 도합 11년의 수련 시간을 거쳐야 합니다. 그 시간은 매일 환자들과 씨름을 하는 바쁘고 힘든 일로 가득합니다. 그로 인하여 많은 예비 의사가 포기하기도 하는 어려운 과정입니다.

저는 레지던트 2년 차 때 결혼했습니다. 결혼할 때 저희 아버지는 제 남편이 의사가 아니고 서울대학교를 나오지도 않았고 부자도 아니라면서 몹시 반대하셨습니다. 하지만 저는 아버지를 1년 동안 설득을 했고, 1년 만에 어렵게 결혼하게 되었어요.

저희 남편의 집은 믿음이 아주 좋은 기독교 집안으로 그때부터 저는 크리스천으로 살게 되었어요. 지금 생각해 보면 저희 남편과 결혼을 해서 제가 크리스천이 된 것은 정말 하나님의 은혜인 것 같습니다. 그래서 저는 남편에게 농담으로 당신과 결혼한 것보다 하나님을 믿게 된 것이 더 기쁘다고 말했습니다.

결혼 후 시작된 크리스천의 삶을 살면서 매우 힘든 적도 있었어요. 평일에는 병원에서 진료와 수술과 학생들 지도를 해야 하니 주말에는 집에서 편히 쉬고 싶었어요. 그런 상태에서 주일마다 교회에 가서 유치부와 초등학교 학생들을 가르치고 돕는 일은 피곤하고 어려웠어요.

그러나 시간이 지날수록 하나님이 늘 나와 함께 그리고 가족과 함께 계신다는 느낌을 받게 되었어요. 그리고 그 덕분에 우리 가족은 어려운 시련들을 잘 이겨 낼 수 있었어요.

하나님을 믿기 전에 저의 삶은 모든 것이 힘들고 어렵고 피곤해서 매일 찡그리고 웃지도 않으면서 살아갔어요. 하지만 하나님을 믿고 나서 저의 삶은 여러 가지 많은 일에도 불구하고 즐겁고 보람차서 항상 웃으면서 지낼 수 있었어요.

의사로서, 교수로서 그리고 엄마로서 아내로서의 많은 일을 해 나갈 수 있었지요. 왜냐하면 하나님이 항상 저와 함께하시니 비록 어려운 일이 있더라도 기도를 하면 응답을 주셨기 때문이에요.

그래서 제가 의사로서 환자를 대할 때나 수술을 할 때 저는 늘 기도를 합니다. 한 번은 수술실에서 임산부의 제왕절개수술을 하게 된 적이 있었어요. 저는 산모와 아기의 상태를 위해서 기도를 열심히 해 주었더니 산모가 나중에 저의 기도가 많은 위로가 되었다고 하더군요.

그리고 하나님을 믿게 되면서 저희 대학에서 의사 선생님들 그리고 간호사 학생들과 함께 여러분의 나라 캄보디아를 비롯한 베트남, 우즈베키스탄에서의 의료봉사도 열심히 하게 되었어요. 비록 이러한 의료봉사가 여러분들에게 많은 도움이 되지는 못하지만 그래도 우리는 한 알의 밀알의 씨를 뿌린다고 생각해요.

저희는 작은 도움일지라도 귀한 시간과 물질을 들여서 여러분을 섬기기 위해 이곳에 오는 것입니다. 이번 2017년 캄보디아 봉사에 참여하게 된 것도 여러분과 인생을 함께 나누고 여러분께 꿈을 심어 주기 위해서입니다.

제가 40여 년 전에 꿈을 꾸고 그 비전을 실행하기 위해 열심히 노력했던 것처럼 여러분 중에도 앞으로 40년 후에 의사로서, 교수로서 그뿐만 아니라 다른 훌륭한 일을 하게 되시길 바랍니다. 여러분의 나라 캄보디아를 위해서 그리고 전 세계를 안고 기도할 수 있는 훌륭한 크리스천이 되시기를 진심으로 기도드립니다. 감사합니다.

* 다음은 내가 캄보디아 봉사를 다녀와서 EMC 보고서에 작성한 글이다.

밤하늘의 아름다운 별과 그리고 새벽녘의 시원한 바람

의학전문대학원 산부인과 김영주 교수

어젯밤 나는 캄보디아에서 지냈던 시간에 대한 꿈을 꾸었다. 지난 1월 12일에서 19일까지 나는 캄보디아에 Ewha Medical Care의 단장으로 의료봉사를 다녀왔다. 2011년부터 3차례에 걸친 베트남 봉사에서 얻었던 뜨거운 감사의 마음을 다시 느껴 보고 싶던 차에 2013년부터 2년간 맡았던 교육연구부장의 일을 마치면서 이번에는 캄보디아의 이화스랑학교를 한 번 가 보리라 결심했다.

캄보디아의 첫인상은 베트남과 인접한 훨씬 더 가난한 나라로 사람들은 맨발로 흙먼지가 있는 땅을 그냥 딛고 다니는 어려운 실정의 나라라는 느낌이었다. 더욱이 첫날 방문한 학살 박물관은 너무 잔인하여 구역질이 날 정도였으며 이 방문을 통해 캄보디아라는 나라를 한층 더 실감 나게 이해할 수 있었다.

프놈펜의 호텔에서 하룻밤을 지내고 이튿날 도착한 이화스랑학교는 산으로 둘러싸인 명당자리에 26만 평의 넓고 아름다운 학교였다. 캄보디아 지역은 원래 산이 거의 없는 나라인데 특별히 학교를 지으신 김길현 선교사님께서 발품을 팔아 돌아다니면서 이 자리를 찾을 수 있었다고 한다.

우리는 14일부터 16일까지 500여 명의 캄보디아 현지인들의 진료를 시행했다. 내과, 정형외과, 산부인과, 소아과, 치과 등의 분야에서 다양한 환자들을 치료했다. 그런데 그중에서도 캄보디아는 특히 치과 진료가 매우 필요한 곳이라는 생각이 들었다. 왜냐하면 수돗물에 중금속이 많이 들어 있고, 캄보디아 사람들은 칫솔과 치약을 잘 사용하지 않아 대부분은 치아가 많이 썩어 있었기 때문이었다.

또한 그들의 식사에는 많은 양의 소금이 들어 있어 음식이 짰으며, 이로 인해 대부분의 캄보디아 사람들이 마른 편인데도 고혈압 환자가 매우 많았다. 또 항생제가 귀하여 염증이 있는 환자가 많았다. 내가 진료한 환자 중에는 왼쪽 유방에 염증과 고름이 차 있는 상태로 이미 오랜 시간이 지나 버려 통증이 심해 괴로워하는 환자도 있었다.

이번 캄보디아 봉사에 함께 참여하게 된 멤버는 나를 포함하여 교수 4인(문영철 교수, 김선종 교수, 약대 김주희 교수), 정형외과 펠로우 1명, 간호사 2명 및 치위생사, 의전원 학생 6명, 약대생 10명을 포함하여 총 32명이었다. 3일 동안 우리는 아침에 32명을 4조로 나누어서 큐티(QT)를 시행했고 크리스천이 아닌 사람들도 있어 어려운 점도 있었으나 모두 참고 잘 따라와 주었다.

저녁에는 서로 그날의 일을 대화하며 나누는 시간이 있었는데 이러한 시간을 통해 서로 함께하는 기쁨을 차츰 알아 가게 되었다. 이화스랑학교에서 나는 김주희 교수와 김연수 학생(김선종 교수님 따님)과 같은 방을 사용했다. 룸메이트들이 잘 웃고 긍정적인 사람들이어서 우리 방은 늘 웃음꽃이 만발했으며 나는 1년간의 웃음을 모두 이 시간 동안 웃은 것 같았다.

이화스랑학교 기숙사에서의 밤은 정말로 특별했다. 밤하늘의 많은 별은 금방이라도 쏟아질 것 같이 아름다웠다. 낮 동안의 35도가 넘는 뜨거운 열기는 새벽녘이 되면 산에서 불어오는 시원한 바람에 쌀쌀할 정도로 상큼했다. 수많은 아름다운 별과 그 시원한 새벽바람을 나는 오랜 시간 동안 잊을 수 없을 것이다.

17일 주일날은 김길현 선교사님이 운영하시는 교회에 가서 모두 함께 예배를 드렸다. 예배는 2시간 동안 캄보디아어로 진행되어 알아듣지 못해 조금 지루했다.(목사님 설교는 한국어. 영어. 캄보디아어로 진행된다.) 그러나 앞에 나와 뜨겁게 찬양하는 대학생들이 찬양 중에 은혜를 받아 눈물짓는 모습을 보며 나도 깊은 감명을 받았다.

그날 저녁에 호텔의 넓은 방에 모여 앉아 우리는 캄보디아에서의 마지막 밤을 함께 보내면서 자신이 느꼈던 이야기를 진솔하게 나누었다. 이 시간 동안 우리는 더욱 하나가 될 수 있었고 몇몇 학생들은 진한 감동에 눈물을 흘리기도 했다.

3일간의 봉사를 마치고 우리는 비행기를 타고 시엠립이라는 도시로 왔다. 이곳은 그 유명한 앙코르와트가 있는 유명한 지역이었다. 처음에 나는 불교 사원인 앙코르와트에 별다른 기대를 하지 않았다. 그러나 앙코르와트를 돌아보고 나니 1600여 년 전에 이렇게 아름답고 정교하게 돌

배꽃에서 피워 온 김영주의 시간들

을 쌓아 사원을 만든 캄보디아인들의 저력에 놀라움을 감출 수 없었다.

겨울이라고는 하나 섭씨 35도가 넘는 캄보디아의 낮은 조금만 걸어도 너무 더워서 매우 힘든 시간이었다. 그래서인지 긴장이 풀린 몇몇 대원들은 열과 설사병으로 고생했다.

18일 저녁 식사 후 마사지를 받고 우리는 시엠립 공항으로 와서 5시간 동안 비행기를 타고 19일 아침에 드디어 한국에 도착했다. 그때 한국의 날씨는 영하 10도가 넘는 추운 날씨로 캄보디아의 더운 날씨와 비교해 40도 이상의 기온 차를 보였다. 온도 차에 적응하지 못한 나는 19일 온종일 집에서 한 발짝도 밖에 나가지 못한 채 이불을 돌돌 말고 방에 남아 있었다.

일상으로 돌아와 지난 1주일의 시간을 돌이켜 보니 정말 많이 웃고 행복했던 시간이었음을 새삼 느낀다. 지금도 선명하게 내 가슴속에는 밤하늘의 아름다운 별과 시원한 새벽공기가 진한 여운으로 남아 있다. 그리고 함께했던 여러 선생님과 학생들의 재잘거리는 모습과 추억들은 더욱 진한 감동으로 나에게 다가온다. 캄보디아에서 일주일의 귀한 기회와 좋은 사람들과의 만남을 주신 하나님께 진심으로 깊은 감사를 드린다.

배꽃에서 피워 온 김영주의 시간들

21

문제 해결의 열쇠는 마음을 향한 진심

2016년 8월 나는 목동병원의 산부인과 과장이 되었다. 외래 진료와 수술, 분만 등 끝없이 이어지는 업무에 관리자의 책임까지 맡게 되니 부담도 되었다. 그러나 산부인과를 더 잘 운용하고 싶다는 마음도 생겼다. 그러기 위해서는 과 내 구성원들과의 긴밀하고 촘촘한 관계가 무엇보다 중요했다. 어느 조직이나 마찬가지겠지만 산부인과도 우호적인 상호 교감이 일의 효율을 높이는 구조였다.

어느 정도 과 내의 분위기를 알고 있던 상태에서 나는 사실 약간의 염려를 하고 있었다. 그동안 표면화되지 않은 갈등과 소소한 문제들이 산부인과 내에 존재했기 때문이었다. 그런데 그 우려가 현실이 되는 사건이 벌어지고 말았다. 내가 과장이 된 후 1달여의 시간 동안 인턴, 전공의, 전임의 등 8명이 병원을 이탈했다. 사직서를 제출하고 병원을 떠나 버린 것이었다.

하루하루가 정신없이 휘몰아치는 산부인과의 특성상 그들의 갑작스러운 퇴직은 업무에 심각한 차질을 빚게 했다. 남아 있는 구성원들은 쌓여 가는 업무로 피로가 누적되었고, 긴장 상태로 인한 스트레스 때문에 폭발하기 일보 직전이었다. 업무에 빈틈이 생기면서 구성원 간의 호흡이 맞지 않게 되었으며 일 처리에도 문제가 생겼다. 결국 구성원들 간에 불만과 비난이 표면화되더니 더 큰 균열이 생기기 시작했다.

8명이나 되는 친구들이 짧은 시간 동안 왜 그렇게 병원을 이탈했는지 지금도 확실히 알 수는 없다. 짐작하기로는 아마 그동안 쌓이고 쌓였던 교수님들과 구성원들 간의 갈등이 원인인 것 같았다. 나는 하루빨리 문제를 해결하고 싶었다. 가장 중요한 것은 내가 산부인과 과장으로 있는 동안은 어떠한 문제도 발생하지 않고 완벽한 구조와 시스템으로 학과가 운영되어야 한다는 사실이었다.

그들의 사직서를 수리하고 새로운 직원을 채용할 수도 있었다. 그러나 나는 그들 모두를 잃고 싶지 않았다. 충분히 체득된 그들의 능력은 중요한 자원이기도 했다. 게다가 그들의 불만이나 문제를 개선하고 보완한다면 우리 산부인과가 더 발전할 수 있다는 사실을 알고 있었다.

내가 의대에서 6년간 익힌 리더의 자세를 다시 생각하며 소중한 마음으로 그들을 대하기로 했다. 나의 진심이 그들의 마음에 닿으면 병원으로 돌아오리라 확신했다. 나는 매일 밤 그들의 집을 하나 하나 찾아다니기 시작했다.

그들을 만나서 다시 병원으로 돌아오라고 설득하고 부탁했다. 그들의 불만과 상처를 위로하고 그들의 말에 귀 기울여 주면서 함께 문제를 해결해 보자고 약속했다. 그런 노력 덕분에 1명의 인턴을 제외한 다른 7명의 전공의가 모두 병원으로 돌아왔다. 나는 나의 진심이 그들에게 전해졌기 때문이었을 거라 믿었다.

그 이후 산부인과 과장을 하면서 레지던트들과 교수님들의 고충이나 고민 등을 세심하게 살피려고 노력했다. 개인적인 애로 사항에도 마음을 기울이고 진심 어린 조언도 아끼지 않았다. 특히 유대 관계를 돈독히 만들기 위해 워크숍을 가기도 했다.

영종도의 콘도를 빌려서 함께 밤을 새우며 서로의 마음을 허심탄회하게 터놓을 수 있는 시간도 많이 가졌다. 그 덕인지 몰라도 그 뒤로는 산부인과의 구성원들이 단합되어 더 열심히 환자를 진료했고 교수님들은 연구에 매진할 수 있었다.

배꽃에서 피워 온 김영주의 시간들

22
—
시련과 좌절의 프로젝트

2017년 1월, 나는 이대목동병원을 보건복지부 지정 '고위험 산모·신생아 통합치료센터'의 서울 서부 지역구에 지원하기로 했다. 고위험 산모·신생아 통합치료센터는 임신과 출산의 전 과정에 걸쳐 중증 복합 질환을 가진 산모와 신생아들에게 체계적이고 전문적인 치료 서비스를 제공하는 의료 시설이다.

그 당시 서울 서부 권역은 고위험 산모와 신생아 치료를 위한 전문 진료 인프라가 구축되어 있지 않았다. 특히 보건소와 대학병원, 지역 산부인과의 연계로 신속한 이송 체계를 구축하고 24시간 응급 상황에 대한 대응과 치료 체계가 시급한 상황이었다.

이 센터를 개소한다면 우리 병원이 고위험 통합 치료 분야에서 크게 발전을 할 수 있을 것이라는 확신이 있었다. 우리는 고위험 산모·신생아 통합치료센터 운영에 대한 정보와 자료를 검토하고 자문을 얻어 가며 사업 지원서를 작성하여 제출할 수 있었다.

그때 병원장이셨던 유경하 선생님은 구두 발표에 직접 참석하셔서 센터 설립의 강한 의지를 표명해 주셨다. 병원장님은 국내 최초의 여성 전문 병원인 보구녀관을 모태로 하는 우리 병원의 역사를 제시하고 여성과 소아의 건강을 책임지는 것이 소명이라는 의료 철학을 강조했다. 이대목동병원이야말로 서남 권역의 고위험 산모와 태아와 신생아의 건강을 체계적으로 통합 관리해 갈 역할과 책임이 있음을 확언해 주셨다.

그 결과 서울에서는 삼성서울병원 다음 두 번째로 고위험 산모·신생아 통합치료센터를 수주하는 영광을 안게 되었다. 그러나 그 기쁨도 잠시였다. 이 센터를 위해서는 분만실과 신생아실이 함께 있어야 하고 분만실 내에 수술실이 있어야 하는 등의 많은 시설 변경이 필요했다.

안타깝게도 2월부터 몇 개월의 시간 동안 센터 준비는 주춤했고 구체적인 방안을 찾지 못했다. 그러던 차에 심봉석 의료원장과 정혜원 병원장으로 9월에 경영진이 바뀌게 되었고, 고위험 산모·신생아 통합치료센터에 대한 사항을 원점부터 다시 분석하면서 우리는 기회를 잃어 가고 있었다.

급기야는 2017년 12월의 신생아실 사태로 정부에서는 2018년에 이대목동병원을 상급 종합병원에서 탈락시켰다. 따라서 고위

험 산모·신생아 통합치료센터도 더는 진행할 수 없는 프로젝트가
되는 시련을 겪어야 했다.

23
—
신앙의 교감과 은혜로운 의료인 모임

이대목동병원은 크리스천 병원으로 개원 시부터 목사님이 병원 내에 상주하셨다. 매 주일에는 환자들을 대상으로 주일예배를 드리고 매주 화요일 점심시간에는 교직원 예배를 드렸다. 신우회가 있어 이런 활동들을 함께할 수 있었다. 나도 신우회의 일원으로 활동했으며 우리는 가끔 병원 앞의 목마공원에 가서 야외 예배를 드리기도 했다.

2012년부터 정구영 선생님 이하 여러 분들이 이화의료선교회를 시작했으며 신우회의 활동을 조직화했다. 구체적인 활동으로 선교사들에 대한 후원, 해외 의료봉사 지원, 의전원 학생들의 의료선교 활동 지원, 선교지에서 의뢰된 환자나 의료진 연수 지원 등이 있었다.

이러한 이화의료선교회의 활동은 2017년 2월, 발족식을 기점으로 이화로제타홀 의료선교센터로 명맥을 이어 갔다. 이화로제타홀 의료선교센터는 마포 가든 호텔에서 강서구와 양천구의 목사님들 11명과 우리 병원의 이강진 목사님을 비롯한 경영진 및 크리스천 교수님들과 함께 간담회 후 발족식을 개최했다.

그 후 이강진 목사, 정구영 교수, 홍기숙 교수, 신상진 교수, 한수정 교수, 이희성 교수, 김현희 씨 등이 함께 모여 TF로 활동했다. 센터에서는 소식지 발간, Ewha Medical Care와 함께 해외 의료봉사 지원, 11월 의료 선교의 달 행사, 아시아기독병원대회 참석, 우즈베크 자선 진료 환자 초청 무료 수술 진행, 선교사들의 지원 등의 활동을 했다.

아시아기독병원협회에 처음 참석하게 된 것은 2016년 타이완에서 개최되었을 때였다. 아시아기독병원모임의 대표이신 이왕준 이사장(명지병원) 이하 기독병원협회의 관계자들과 함께했다. 그때 나는 'Innovation and sustainable development of Christian Hospital' 이라는 제목으로 강의를 했다. 그리고 중국어 실력을 발휘하여 자기소개를 중국어로 해서 참석자들의 큰 호응을 얻었다.

2017년 12월의 신생아실 사태 이후에는 교직원 새벽 기도 모임을 이강진 목사님, 한종인 병원장, 성혜옥 전 동창회 선교부장, 조선영 동창회 선교부장님, 현석경 간호부원장 등과 함께 진행하면서 많은 은혜를 나눌 수 있었다.

현재는 2019년 마곡에 이대서울병원의 개원과 더불어 2대 센터장으로 소아과 김혜순 교수가 임명되어 활발하게 모임을 주관하고 있다.

〈신우회 야외 예배, 목마공원, 2008년〉

배꽃에서 피워 온 김영주의 시간들

24

고통을 딛고 일어선 시간

설상가상으로 2017년 12월 16일, 우리 병원 신생아실에서 조산 아로 치료받던 신생아들이 갑자기 사망하는 매우 슬픈 사건이 일 어났다. 인큐베이터에 있던 미숙아가 하루 사이에 4명이나 사망하 는 전례 없는 사건은 모두에게 큰 충격이며 슬픔이 되었다.

아직도 나는 그날을 생생하게 기억한다. 주일날 이른 아침, 정혜 원 병원장으로부터 위급 상황을 알리는 다급한 전화가 걸려 왔다. 나는 너무나 놀란 가슴을 안고 허둥지둥 정신없이 병원으로 달려 갔다.

원래 가족들과 다음 날인 17일에 베이징으로 향하는 비행기에 탑승하기로 되어 있었다. 중국어를 공부하다 보니 중국에 직접 가 서 언어 체험을 하고 싶어 남편과 큰아들과 함께 떠날 준비를 하던 중이었다. 그러나 나는 고위험 통합치료센터장으로서 신생아실의 상황에 자리를 비울 수가 없었다. 결국 중국에는 중국어를 못하는 남편과 큰아들만 보내고 병원에 남았다.

나는 사건이 해결되기까지의 모든 과정을 주시하며 그로 인한 수많은 비난을 견뎌 내야 했다. 사망한 신생아 가족들이 병원을 상대로 시위하는 모습과 절망하는 현장을 안타깝게 지켜봐야 했다. 그리고 매일 같이 각종 미디어 및 언론 매체와 SNS 등에서 보도하는 우리 병원의 신생아실 사태에 관한 기사들과, 여론 및 시민들의 따가운 시선을 한 몸에 받아야만 했다.

이화의료원은 새로운 경영진을 구성함과 동시에 병원의 책임을 인정했으며 유족들에게 진심 어린 사과를 전했다. 또한 이 사건을 계기로 병원 감염 관리를 비롯한 환자 안전 시스템 강화에 만전을 기하도록 체계를 강화했다. 무엇보다 환자의 안전과 치료를 최우선으로 하고, 의료원의 신뢰를 회복하기 위한 개선 방안과 재발 방지 대책을 마련하는 데 총력을 기울였다.

병원의 구성원들은 이 사태를 해결하면서 너나없이 소리 죽여 울었다. 서로 마음을 모아 간절히 기도했으며 한마음으로 전심의 노력을 기울였다. 그런 과정에도 불구하고 2017년 12월 이후 2018년, 2019년 마곡에 이대서울병원이 탄생하기 전까지 2년 동안 우리 병원의 산부인과를 방문하는 임산부의 숫자는 너무나 현격하게 줄어들었다.

배꽃에서 피워 온 김영주의 시간들

어쩌다 진료를 받는 환자들도 예민하여 조그마한 실수라도 있으면 우리에게 신생아를 죽인 병원이라는 무서운 말을 서슴지 않고 던졌다. 결과적으로 병원의 경영에도 직접적인 타격을 받았다. 신규 환자의 내원이 눈에 띄게 줄었고 기존 환자는 타 병원으로 전원하면서 2018년 의료원 전체의 매출은 2017년 대비 375억 원이나 감소했다.

사고 이후 나는 하루하루 병원에 출근하는 일이 매우 불안하고 고통스러웠다. 이때 신생아실 선생님들과 주치의 그리고 수간호사까지 많은 선생님이 사망자 가족들의 형사 고발로 법정에 여러 차례 서야 했다. 급기야 신생아실 선생님들 중 한 분은 교도소에서 몇 개월의 시간을 보내야 했다.

한번은 교도소로 동료들과 면회 가서 그 선생님을 만난 적이 있었다. 그때 나는 처음으로 의사의 책무가 이렇게 크고 무거운 짐을 져야 한다는 사실을 실감하며 가슴이 무너져 내렸다. 예수님께서 지신 십자가의 고통을 진심으로 통감하며 우리가 처한 현실의 견디기 힘든 아픔에 매일 밤 마음으로 울었다.

그런 와중에도 2018년 5월, 나는 30년 근속상을 받게 되었다. 나는 1988년 인턴으로 이화의료원에서 근무를 시작했다. 그런데 나와 함께 30년 근속상을 받아야 하는 박은애 선생은 자리에 없었다. 박은애 선생은 안타까운 사정으로 참석하지 못했고 그 현실을 보면서 다시 한번 울음을 삼켜야 했다.

당시 나는 로제타홀 의료선교센터장을 하고 있었다. 의료원의 자체적인 노력 외에 내가 무엇을 할 수 있을까 무수히 많은 생각을 했다. 병원의 회복을 위해, 그리고 1층 로비에서 아이들을 살려 내라고 절규하는 부모님들을 위해 무엇인가 해야만 했다.

나는 아침마다 목동병원의 원목님과 직원들, 그리고 성혜옥 선교부장과 조선영 선배님과 함께 새벽 기도를 시작했다. 그렇게 열심히 그렇게 절실하게 기도했던 적은 그전에도 그 후에도 없었던 것 같다.

간절히 기도하던 어느 날부터 우리 병원은 조금씩 회복의 문턱으로 들어서기 시작했다. 비가 그친 어느 오후 목동병원 앞에 선명한 무지개가 걸렸었던 그날을 기점으로 목동병원도 조금씩 예전의 명성을 찾아 가고 있었다. 그리고 드디어 2019년 2월, 마곡에 이대서울병원이 멋지게 개원하면서 비로소 이화의료원의 회복을 확인할 수 있었다.

그렇게 긴 시간이 흐른 후에 우리는 다시 일어섰다. 누구 한 사람의 노력이 아니라 이대목동병원과 이화의료원 전체 구성원들이 포기하지 않고 희생하면서 묵묵하게 최선을 다한 결과였다. 그 과정에서 겪었을 괴로움과 고충들은 말하지 않아도 서로 느낄 수 있었다. 나는 그들의 노고와 고투를 누구보다 잘 알고 이해한다. 나역시 그 구성원 가운데 한 명이었다.

〈이대목동병원 앞 희망의 무지개, 2019년〉

2019년 2월, 나는 목동병원 건물 뒤편에 있던 의학관 건물에서 죽어 가는 난초 화분 하나를 발견했다. 이상하게 무엇엔가 이끌리듯 그 화분을 주워 들고 연구실로 돌아왔다. 버려진 화분이 가엽고 안쓰러워 그냥 지나칠 수가 없었다. 그날은 의과대학이 마곡에 있는 이대서울병원 옆으로 이사 간 날이었다.

누군가 버린 화분을 내 방으로 들고 온 나는 매일 같이 물을 주고 사랑을 쏟았다. 그 정성에 답하듯 어느 날부터 난초는 꽃망울 20여 개를 차례로 피워 냈다. 지금까지 해마다 피어나는 꽃망울에서 목동병원의 번영과 아름다운 미래를 확인하는 것 같았다. 더없이 감사한 순간이었다.

〈내 방에 핀 아름다운 난꽃들, 2020년〉

배꽃에서 피워 온 김영주의 시간들

25

—

빛나는 시간

2018년에는 개인적으로 기쁜 일이 있었다. 내가 졸업한 동덕여고에서 1년에 1명을 뽑아서 수여하는 '동덕을 빛낸 자랑스런 동덕인상'을 받게 된 것이었다. 연락을 받던 날, 나는 믿을 수가 없었다. 나도 모르게 절로 무릎을 꿇고 감사 기도를 하며 하나님께 영광을 올렸다. 그리고 무엇보다 상을 받을 수 있도록 그동안 힘이 되어 준 가족들의 관심과 깊은 사랑에도 고마운 마음뿐이었다.

행사 당일 어머니를 모시고 상을 받으러 갔다. 미국에서 잠깐 다니러 온 명주 동생도 함께였다. 나보다도 어머니와 동생이 더 기뻐했다. 생각해 보면 나는 정말 복이 많은 사람이다. 나에게는 '동덕을 빛낸 자랑스런 동덕인상'은 더없이 소중한 의미가 되었다.

맡겨진 일에 책임과 의무와 정성을 다한다는 것이 이렇게 기쁨과 영광으로 빛난다는 사실을 느끼며 남은 삶의 시간을 어떻게 살아가야 하는지 다짐하게 되었다. 그 빛나는 시간이 나를 비추고 있었다.

* 다음은 동진회의 송년회 수상 당시 나의 소감을 정리한 글이다.

　안녕하세요. 저는 오늘 자랑스런 동덕인상을 수상하게 된 65회 이화의대 김영주 교수입니다. 먼저 제게 이런 귀한 상을 받게 해 주신 동진회 회장님을 비롯한 관계자 여러분들과 동진회 회원 여러분께 진심으로 깊은 감사를 드립니다.

　저는 1978년, 지금으로부터 40년 전 동대문에 있는 옛날 동덕여고의 1학년으로 다니게 되었습니다. 3월에 동덕여고에 입학한 것은 아니고 광명시에 있는 조그마한 광명여고에서 우리 학교로 전학을 오게 된 것이었습니다. 시골에서 온 작은 여자아이의 눈에 동덕여고는 정말 성경에 나오는 골리앗과 같이 커다랗고 웅장하게 느껴졌습니다.

　전학 초기에는 어려움도 많고 공부도 녹록지 않았습니다. 게다가 동대문에서 개봉동까지 전철을 타고 통학하는 것도 큰 어려움이었습니다. 하지만 저는 포기하지 않고 꿋꿋하게 다윗처럼 열심히 성실하게 노력하여 지금의 이 자리까지 올 수 있었습니다.

　이 영광을 지난 9월 13일에 돌아가신 아버지께 전하고 싶습니다. 저를 동덕여고로 전학시켜 주시고 언제나 지지해 주셨던 아버지께서 가장 기뻐하실 것입니다. 그리고 존경하는 어머니, 동생들, 그리고 사랑하는 남편, 언제나 마음 깊이 감사드리는 시어머니, 어여쁜 두 아들과도 기쁨을 함께하고 싶습니다.

무엇보다도 항상 제가 힘든 일이 있을 때마다 든든한 나의 백이 되어 주신 하늘에 계신 하나님께 영광을 돌립니다. 끝으로 "울며 씨를 뿌리러 가는 자는 기쁨으로 그 단을 거두리로다"라는 성경 말씀으로 저의 인사말을 맺고 싶습니다. 감사합니다.

자랑스러운 동덕인상 뿐만 아니라 나는 그동안 연구 업적의 우수함으로 대한민국의학한림원의 정회원이 되는 영광을 안기도 했다. 의학한림원의 정회원이 되는 것은 매우 어렵다. 우리 병원에서는 소아과 김경효 선생님과 나밖에 없다가 최근에 박혜숙 선생님과 신상진 선생님이 정회원이 되었다.

당신의 도전에 한계를 두지 마라.
그 대신에 당신의 한계에 도전하라.
그리고 매일 지속적이고 끝없는 발전을 위해서 노력하라.

- 토니 로빈스

PART 4

멈추지 않는 도전의
시간들

26

이화 바이오 코어 연구소의 태동

2019년, 그해의 모든 순간은 우리 이화의료원의 구성원들에게 기대 반, 걱정 반의 시간이었다. 이대서울병원과 의과대학이 마곡동에 개원했기 때문이었다. 두 건축물은 6만 5천 평 이상의 대지 위에 '정림건축'의 설계로 견고하고 아름답게 지어졌다.

마곡 지역의 유수 기업들 사이에서도 단연 돋보이는 규모였다. 첨단 설비와 시스템을 갖춘 서울병원과 의과대학은 국내 어떤 의료 시설과 견주어도 손색이 없었다. 다년간의 기원과 노력이 녹아든 자부심의 상징이기도 했다.

개원을 앞두고 목동병원에서 서울병원으로 발령받아 근무하게 된 의사, 간호사, 행정 직원 모두는 너나없이 분주했다. 직접 손에 걸레와 청소 도구를 들고 구석구석 먼지를 닦아 내며 개원 준비를 했다. 깨끗하고 아름답고 시설 좋은 병원은 개원과 함께 구성원들의 자긍심이 되었다.

그러나 개원 당시 매일 터지는 크고 작은 문제들은 단 한 순간도 긴장의 끈을 놓을 수 없게 만들었다. 하루는 EMR 전자 차트가 작동하지 않아서 우왕좌왕했고, 하루는 진료에 필요한 물품이 모자라 수급을 위해 진땀을 흘렸다. 또 하루는 예약 시스템에 오류가 생겨서 전 직원이 종일 노심초사해야 했다.

병원의 모든 시스템을 완벽하게 구동하여 안정시키기까지 직원들의 악전고투는 한동안 계속되었다. 외부로 드러나지 않는 그들만의 애정 어린 노고였다. 게다가 의사 선생님들의 고충도 이만저만이 아니었다. 밤을 새워 당직하고 그다음 날 외래 진료와 수술을 병행해야 했다. 피로와 고단함을 하소연할 수도 없는 상태에서 눈코 뜰 새 없는 하루하루를 묵묵히 버텨 내고 있었다.

그 무렵 목동병원의 상황도 번잡하기는 마찬가지였다. 의과대학이 서울병원 옆으로 옮겨 간 후, 목동병원 의학관 A동에는 남겨진 물건들이 주인을 잃고 방치되어 있었다. A동의 9층에 있던 동물실도 마곡 의과대학의 지하로 이사를 하며 불필요한 장비와 설비들을 내버려 두고 갔다.

반면 의학관 B동 5층에 있던 의과학연구소에는 거의 모든 기자재를 마곡으로 가져가서 쓸 만한 기계가 남아 있지 않았다. 이사

배꽃에서 피워 온 김영주의 시간들

후 정리되지 않은 건물과 사무실들이 썰렁하고 공허한 장소로 변해 있었다. 그곳의 물품들을 살펴 필요와 불필요를 결정하고 정리하는 작업이 무엇보다 시급한 상황이었다.

2019년부터 나는 목동병원의 융합의학연구원장을 맡아 그 당시 의료기술협력단장이었던 하은희 학장과 함께 연구소의 소생 프로젝트를 시작했다. 의학관 A동 5층의 의과학연구소를 제대로 운영하기 위함이었다. 세포배양을 위한 인큐베이터 하나 없이 텅 빈 의과학연구소는 본래의 기능을 상실한 상태였다.

여러 방면으로 연구소 재건 방법을 모색했으나 특별한 해결책을 찾을 수 없어 안타까운 상황이 지속했다. 결국 하은희 선생님과 나는 각각 5천만 원씩을 기꺼이 기부하여 작은 기계부터 사기로 했다. "신이 우리에게 두 손을 준 이유가 하나는 받기 위함이고 하나는 주기 위함"이라는 빌리 그레이엄의 말을 늘 실천하고 싶었다.

대단한 비용은 아니지만 우리가 할 수 있는 최고의 방법이라고 판단했다. 그렇게 우리의 노력으로 5층 연구소는 시간이 지나며 차츰 자리를 잡기 시작했다. 그 모습을 지켜보는 것만으로도 큰 기쁨이었다. 당시 문병인 의료원장님은 하은희 선생님과 나에게 감사장을 주며 격려해 주셨다.

〈좌측부터 문병인 의료원장, 나, 하은희 학장, 한종인 병원장〉

의학관 A동의 5층에 자리 잡은 연구소는 2021년에 '이화 바이오 코어 연구소'로 거듭나게 되었다. 목동 MCC B관 9층에 새로운 자리를 마련하여 문을 열게 된 것이었다. 그런 노력 덕분에 지금은 다수의 교수님과 기업의 연구원들이 활발하게 연구를 진행하는 특별한 공간이 되었다. 2023년 이화 바이오 코어 연구소 공용 장비를 이용한 총 실험은 1,000건이 넘게 진행되었고 교수 연구실과 입주 기업 연구실의 연구 활동이 활성화되었다.

배꽃에서 피워 온 김영주의 시간들

〈바이오 코어 연구소 개소식〉

27

내가 만난 올드 보이 이화인

2023년 3월, 이화 바이오 코어 연구소에는 전년도 과학기술정보통신부가 배출한 1기 연구실안전관리사인 류재호 씨가 근무하기 시작했다. 류재호 씨는 유명한 영화 「인턴」에 나오는 인물과 같은 시니어였다. 공학박사로 LG 등 국내의 우수한 기업에서 CEO로 일하다가 은퇴한 경력을 갖고 계셨다. 그는 은퇴 후 다시 안전관리사 자격증을 취득하고 본원에 취업하신 것이었다.

그동안 이대목동병원은 산업안전보건법에 따라 안전보건관리를 했다. 그러나 의료 분야의 연구도 다른 과학 기술 분야 연구실에서 벌어지는 다품종 소량 유해 물질과 생물 연구가 진행되면서 연구실안전법의 안전관리방법을 도입할 필요가 생겨났다. 우리는 안전에 대한 높은 관심과 세심한 관리의 중요성을 실천하기 위해 류재호 씨를 채용하게 되었다.

사실 그는 이화 바이오 코어 연구소의 연구실 안전이 주 업무였다. 그러나 감사하게도 그 밖의 연구용 장비 관리와 연구 환경 유지에 필요한 부수적인 활동을 기꺼이 수행하여 많은 도움을 주고 있다. 특히 그의 창의성을 발휘하여 연구실안전관리에 필요한 게시물을 만들어 직원들이 경각심을 갖도록 도왔다.

그가 연구실 안전 관리 업무를 위해 사용하는 일 가방의 변천사는 보는 이로 하여금 또 다른 즐거움을 주고 있다. 최근에 남편이 일 가방을 그에게 선물했더니 아래 사진처럼 그 구조를 변경했다. 그 이유가 이대목동병원에서 최근 위 내시경 검사를 받으면서 본 내시경 기구의 기도 삽입 보호 도구인 마우스피스(mouthpiece)가 생각나서 가방의 입구를 크게 만들었다는 것이었다.

간혹 사람들은 자기 일과 생활을 분리해서 생각하는 경향이 있다. 어떤 경우에는 그 때문에 반복되는 업무가 고되고 흥미롭지 않아 지치고 괴롭게 느껴질 수도 있을 것이다. 그에 반해 류재호 안전관리사처럼 자기 일을 즐기며 생활의 조화를 찾는 이도 있다. 그를 보며 나 자신도 그런 자세를 유지할 필요가 있음을 깨닫는다.

행복하고 소신 있게 자기 일을 하면서 삶을 풍요롭게 만드는 이들이 이화 커뮤니티에 늘어난다면 하루하루가 서로 즐거워질 것이라는 생각을 해 본다.

〈류재호 안전관리사의 가방〉

28

기적의 동물실험실 기금 모금

2019년에 목동에 있던 동물실이 마곡의료원으로 이전한 후, 당시 목동병원의 부장회의에서는 비어 있던 공간 사용이 새로운 이슈가 되었다. 특히 의학관 A동 9층의 동물실을 어떻게 사용할 것인지에 대해 의견이 분분했다. 그 가운데 그곳을 진료 공간으로 사용해야 한다는 주장이 매우 팽배해지고 있었다.

그러나 나를 비롯한 몇몇 교수들은 의견이 달랐다. 마곡 의과대학에 동물실이 있기는 하지만 거리가 문제였기 때문이었다. 목동병원의 임상 선생님들이 서울병원까지 가서 실험을 하기에는 물리적으로 접근성이 떨어지고 시간의 소모가 큰 것이 문제가 되었다. 그렇다고 해결책이 없는 것은 아니었다. 목동병원의 기존 동물실을 새롭게 오픈하면 될 일이었다.

그러나 동물실을 리모델링해서 제대로 시설을 갖추고 본래의 기능을 회복시키기 위해서는 10억 원 이상의 자금이 필요했다. 서울병원의 개원으로 이미 5천억 원 이상의 빚을 가지고 있는 의료원의 실정에서 추가 비용이 드는 동물실 유지를 결정하기에는 무리가 있었다. 그 누구도 쉽게 나서서 동물실 개원을 주장하지 못하는 상황이었다.

나는 2020년 2월에 이화의료원장이 되신 유경하 의료원장님을 설득해야겠다고 생각했다. 최악의 상황에서도 반드시 해결책이 있을 것이라는 판단이었다. 두드려 보지도 않고 포기할 수는 없었다. 마침 그때 나는 의료원의 모금을 선도해야 하는 사회공헌부장으로 임명되어 있었다. 간절하고 절실한 마음으로 유경하 의료원장을 찾아갔다.

"의료원장님, 드릴 말씀이 있습니다. 제가 생각할 때 저희 목동병원 교수님들의 연구 발전은 목동병원에 동물실이 있느냐 없느냐가 매우 중요한 열쇠가 될 것입니다. 고진선처 바랍니다."

"그건 나도 아는데 지금의 상황이 너무 좋지 않아서 동물실을 위해 돈 한 푼을 사용하기가 힘이 들어요. 김 교수가 이해해 주시면 고맙겠어요."

"의료원장님, 그럼 동물실을 만들기 위해 얼마의 자금이 듭니까?"

"정확한 것은 잘 모르지만 아마 10억 원 이상이 필요할 겁니다."

"그럼 제가 사회공헌부장으로서 모금을 해서 5억 원을 마련해 보겠습니다. 그러면 의료원장님께서 5억 원을 병원에서 마련해 주세요."

"김 교수의 뜻이 그렇다면 그렇게 진행해 보세요."

감사하게도 유경하 의료원장은 나의 뜻을 들어주셨다. 그 후로 나는 기금 5억 원을 모으기 위해 불철주야로 뛰어다니기 시작했다. 절대 쉽지 않은 과정이었다. 그러나 나의 열정과 동물실을 만들겠다는 열의는 어떤 역경에도 꺾이지 않았다. 시도해 보지도 않고 스스로가 얼마의 능력을 지녔는지는 아무도 알 수 없는 것이었다.

나는 간절한 마음으로 동문과 선후배를 찾아다녔고 내가 할 수 있는 모든 것을 쏟았다. 어떻게든 5억 원을 모으리라는 생각으로 만나는 모든 분에게 최선을 다했다. 그렇게 마음을 다하자 동문 선후배 선생님들과 관련 기업들의 기부자들이 하나씩 둘씩 마음을 보태 주었다.

동문의 마음이 모이면서 기부금의 액수가 올라가기 시작했다. 제일 많이 기부를 해 주신 GC녹십자의료재단을 비롯하여 씨젠의료재단과 이선화 동문의 힘이 매우 컸다. 그 외에도 유재두 원장님과 이영주 이사님의 도움 및 병원 식구들을 포함하여 많은 동문의 숭고한 마음을 잊을 수 없다.

불가능은 없다는 신념으로 매달린 1년 후, 나는 처음 의료원장님과 약속했던 5억 원의 두 배인 10억 원의 예산을 모을 수 있었다. 그 누구도 예상하지 못한 결과였다. "시도조차 하지 않으면 절대 성공할 수 없다"라는 말을 믿었던 결과였다. 그리고 무엇보다 은혜로우신 하나님이 함께하셨음을 느끼고 있었다. 그 놀라운 기적은 그렇게 이루어졌다.

나는 의료원장님께 모금액을 전달하며 동물실을 완성할 수 있게 되었다고 말씀드렸다. 놀라워하며 감탄하시던 의료원장님의 표정을 지금도 잊을 수 없다. 모금액을 모으기 위해 쉽게 포기하지 않고 문을 두드리며 설득했고, 온 힘을 다해 노력한 성과가 빛을 발하는 순간이었다. 그때의 감동과 희열은 무엇으로도 표현할 수 없다.

* 다음은 동물실험실을 위해 1천만 원 이상 구축 기금을 기부해 주신 분들의 명단이다. 진심으로 마음 깊은 감사의 인사를 드린다.

동물실험실 구축 기금 1천만 원 이상 약정자 명단

번호	기부자	약정금액	직함 및 소속
1	(재)GC녹십자의료재단	300,000,000	(재)GC녹십자의료재단(원장:이은희)
2	(재)씨젠의료재단	100,000,000	(재)씨젠의료재단(이사장:천종기)
3	유재두	50,000,000	목동병원장, 정형외과 교수
4	이명주	50,000,000	학교법인 이화학당 이사
5	오혜숙	40,000,000	발전후원회장, 오혜숙산부인과의원 원장 (의대27회)
6	이정화	30,000,000	목동병원 신경과 교수(의대52회)
7	한수정	30,000,000	목동병원 재활의학과 교수(의대42회)
8	김치효	20,000,000	목동병원 마취통증의학과 교수(의대28회)
9	이선화	20,000,000	목동병원 응급의학과 교수(의대58회)
10	하은희	20,000,000	서울병원 연구진흥단장(의대36회)
11	김금미	10,000,000	일산서울내과의원 원장(의대38회)
12	김영주	10,000,000	사회공헌부장, 산부인과 교수(의대37회)
13	김진실	10,000,000	목동병원 영상의학과 교수(의대59회)
14	남혜옥	10,000,000	의대 동창 가족
15	백길량	10,000,000	의료원 사회공헌부 운영파트장
16	유기숙	10,000,000	이원의료재단 원장(의대24회)
17	이정훈	10,000,000	의대 동창(15회)
18	이희승	10,000,000	목동병원 마취통증의학과 교수(의대31회)
19	임선영	10,000,000	임선영산부인과의원 원장(의대31회)
20	조종남	10,000,000	발전후원회 사회공헌분과위원장, 조윤희산부인과의원 원장(의대24회)

배꽃에서 피워 온 김영주의 시간들

29
—
다시 태어난 동물실험실

2020년 9월부터 3개월간 동물실험실의 리모델링 공사가 순조롭게 진행되었다. 공사 내내 나는 어떻게 새로운 모습으로 실험실이 변신할지 기대와 궁금증이 컸다. 공조실 포함하여 155평 규모로 마우스 사육실, 랫드 사육실 및 실험실, 청정(SPF) 구역 등이 약 57평, 재반입 실험실과 토끼 사육실, 중대형 동물 수술실 등을 포함한 일반 구역이 약 55평이었다.

공사 기간이 끝나고 2021년, 우리는 드디어 목동 MCC A관 9층에 멋진 동물실험실을 오픈했다. 최신 설비와 기계, 최적의 깨끗한 환경에서 새로 시작하게 된 동물실험실은 나의 자부심이 되었다.

동물실의 개소식을 기부자 및 발전 후원회, 모금 프로젝트, 의료원 발전 후원회, 의대 동창회 등에 알리고 그분들을 초대했다. 그리고 드디어 2021년 3월 30일 오후 2시, 동참해 주신 분들과 함께 이대목동병원 10층 대회의실에서 개소식을 진행할 수 있었다. 개소식 후에는 A관 9층의 동물실험실로 이동하여 현판식 및 커팅식을 진행했다.

그렇게 의과대학 소속의 동물실이 아닌 이대 목동병원 소속의 동물실험실로 새로운 첫걸음을 내딛게 된 것이었다. 나에게는 누구보다 가장 기쁘고 벅찬 순간이었다. 많은 분의 축하와 격려를 받으며 감동했고 동물실험실의 발전에 대한 책임감을 느끼게 되었다.

〈이화의료원 동물실험실 개소식, 2021년 3월〉

〈이화의료원 동물실험실 테이프 커팅식, 2021년 3월〉

동물실험실은 개소 이래 2021년 5월을 시작으로 총 7팀이 사용했으며, 22년에는 11팀, 23년에는 9팀이 실험을 진행했다. 그동안 동물실험실을 사용한 연구팀은 총 13팀이며, 이 중 내부 5팀과 외부 3팀의 총 8개의 연구팀이 24년 3월 현재 실험을 진행하고 있다.

이 외에도 동물실험실에서는 연구팀 실험의 케이지 교체와 더불어 연구팀이 요청하는 경우 미정맥 투여, 경구 투여 등의 교육 지도를 하고 있다. 오늘도 동물실험실에서 열심히 연구에 매진하는 교수님들의 미소와 눈빛을 볼 때면 그 벅찬 기쁨이 매번 새로워진다.

30

태아 알코올 예방 증후군 연구소의 설립

2020년 초에 '태아 알코올 증후군 예방 연구소'(이하 Fetal Alcohol Syndrome, FAS 연구소)의 설립 의견이 대두되었다. 대한기독여자절제회의 김영주 회장과 김정주 부회장이 당시 이화여대 김혜숙 총장님의 공관에서 나, 정혜원 병원장, 하은희 선생님과 함께 만나 연구소 설립 문제를 의논하면서부터 시작되었다.

대한기독여자절제회는 1923년에 창립되어 지난 오랜 시간 동안 "하나님과 가정과 나라를 위하여" 절제 운동에 힘써 왔다. 특히 1980년부터 지속해서 태아 알코올 증후군의 문제점을 국제적으로 계몽하여 임신 중 산모의 음주로 인해 태어나는 지체부자유아의 출생을 예방하기 위하여 노력해 왔다.

태아 알코올 증후군이란 임신 중 엄마의 음주로 인해 태어난 아기에게 발생한 신체적, 정신적 이상을 말한다. 특히 임신 중 술을 마시는 13명의 임산부 중 1명이 태아 알코올 증후군 아기를 출산하는 것으로 알려져 있다. 이로 인해 태아에게 신체적 기형과 정신적 장애를 일으키는 선천성 증후군이다.

매년 전 세계 63만 명의 신생아에게 발생하기 때문에 아시아 최초로 '태아 알코올 증후군 예방 연구소'를 개소하는 것이 나는 필요하다고 생각하던 중이었다. 무엇보다 태아 알코올 증후군은 아이의 학령기 학습 장애와 성인기 사회 부적응자가 되는 2차 장애를 유발하고, 평균 사망 나이가 34세로 일반인보다 자살 위험이 크다는 문제도 안고 있다.

이 때문에 환자들이 일상에서 많은 어려움을 겪고 있으며 이 질환을 앓는 아이에게는 조기 진단과 맞춤형 치료가 시급했다. 또한 정신 건강 문제와 법적 문제에 대한 상담과 도움이 절실한 상황이었다.

임신 중 음주로 인한 이 질환의 발생 확률이 높은 것도 문제지만, 나는 임신을 계획하고 있는 부부들 역시 임신 3개월 전부터 함께 금주하는 것이 이상적이라고 예비 부부들에게 강조하고 있다. 특히 임신을 계획하고 있는 부부들이라면 반드시 임신 계획 시점부터 금주를 권고한다. 출산 전 과한 음주도 자제해야 한다는 점도 주요 강조 사항이다.

또한 태아 알코올 증후군 환자들이 정신 건강 문제와 법적 문제를 경험하는 비율이 높으며, 태아 알코올 증후군은 가장 예방 가능한 정신질환 중 하나로 여겨진다. 따라서 나는 개인적으로는 민간업체, 학계, NGO 및 보건 당국과의 협력을 통해 태아 알코올 증후군에 대한 사회적 인식을 개선하고, 예방을 위한 노력이 필요하다고 생각했다.

2020년 11월 19일 FAS 연구소의 개소식 및 책 출판 기념회를 이대목동병원 의학관 10층 대회의실에서 성황리에 개최했다. 2020년부터 대한기독여자절제회와 이대목동병원 FAS 연구소는 MOU를 맺고 임산부의 흡연, 음주, 약물중독의 유해성을 알리기 위해 노력을 기울여 왔다.

〈연구소에서의 나의 모습〉

〈태아 알코올 증후군 예방 연구소의 테이프 커팅식, 2020년 3월〉

개소식에는 김혜숙 총장님을 비롯하여 김영주 회장님, 김정주 부회장님 등의 많은 내외 귀빈들이 참석하여 연구소의 설립을 축하해 주었다. 또한 그날 오후에는 심포지엄에서 FAS에 대한 다양한 발표가 있었다. 이후 태아 알코올 증후군 연구소의 활동은 이대 목동병원 MCC B관 6층의 연구소에서 연구원들과 계속 활동을 진행하고 있다.

이 연구소는 아시아 최초의 태아 알코올 증후군 예방 연구소로 임신 중 음주의 영향으로 태어나는 지진아나 지체부자유아의 출생을 예방하기 위해 설립되었다. 현재까지도 태아 알코올 증후군에 대한 인식과 예방을 위해 노력하고 있다.

〈태아 알코올 증후군 예방 연구소 개소식, 2020년 3월〉

배꽃에서 피워 온 김영주의 시간들

31
—
태아 알코올 예방 증후군 연구소의 정착

우리 연구소의 연구는 매스컴에도 많이 노출되었다. 한 인터뷰에서 나는 태아 알코올 증후군에 대하여 설명하며 임신 중 어머니의 행동이 아이에게 미치는 영향을 강조하기도 했다.

인터뷰 내용

태아 알코올 증후군 예방 연구소는 진료, 연구, 그리고 교육 중심의 연구소로 임산부의 음주, 흡연, 약물중독의 유해성을 알리고 우리나라 여성과 아동의 건강한 삶과 사회를 추구하는 것이 목표이다.

나의 개인적인 목표는 선한 공동체로서 태아의 건강과 생명 수호를 위해 선도하는 연구소를 만드는 것이었으며, 본 연구소가 국내뿐만 아니라 국제적으로 태아 알코올 증후군 예방을 위해 노력하는 연구소로 성장하기를 바란다.

연구소의 목적은 임신부의 음주를 예방하고, 관련된 교육 프로그램 및 치료 프로토콜을 수립하여 선천성 이상의 출생률을 줄이는 데 기여하는 것이다. 나는 특히 다음과 같은 연구 목표를 지정했다.

첫째, 임신부의 음주를 예방하기 위한 기초적이고 임상적인 연구를 수행하는 것. 둘째, 대한민국에서 태아 알코올 스펙트럼 장애(FASD)의 유병률과 현황을 평가하는 것. 셋째, 임상 환경에서 태아 알코올 스펙트럼 장애를 의심하는 환자에 대한 진단과 치료 프로토콜을 수립하는 것. 마지막으로, 태아 알코올 증후군에 대한 진단, 치료, 재활 및 자립에 중점을 둔 국내 지침을 개발하는 것이다.

이 중에서 가장 중요한 것은 임신을 계획하고 있다면 계획 시점부터 금주하는 것이다. 출산 전 과한 음주도 자제해야 할 필요가 있다. 동물실험 결과 태아 발달 저하 및 거대아 출산과 연관성이 있다는 연구가 있다. 임신 계획을 결심한 순간부터 가임기 부부 모두 최대한 음주를 자제해야 한다.

연구소가 현재까지도 활발한 활동으로 정착할 수 있었던 것은 다방면에서의 관심과 후의 덕분이다. 그 가운데 대표적인 단체가 대한기독교여자절제회이다. 대한기독교여자절제회는 우리 연구소의 후원 모금을 마련하기 위해 다양한 노력을 해 오고 있다.

배꽃에서 피워 온 김영주의 시간들

2021년 10월에는 마곡동에 있는 이대서울병원 아트 큐브 & 웰니스 아트존에서 태아 알코올 증후군 예방 연구소 후원 모금을 위한 김영주 회장님의 개인전이 있기도 했다.

태아 알코올 증후군은 100% 예방할 수 있다. 모든 사회 계층에서 태아 알코올 증후군이 발생하고 있지만, 특히 환경이 열악하고 치료 기관에 접근이 쉽지 않은 저소득층에서 많이 발생한다. 열악한 환경뿐만 아니라 최고 학력과 연봉을 받는 여성들에게도 나타나고 있다.

만성 알코올중독을 가진 엄마 5명의 출산 이력을 조사한 결과 이들은 연속적으로 저체중을 가진 아이들을 출산했으며, 대부분 태아 알코올 증후군 아기였다. 따라서 가장 좋은 예방법은 술을 마시지 않는 것이다. 나는 이러한 사실을 알리고 예방을 독려하는 것도 우리가 해야 할 노력 가운데 하나라고 판단했다.

태아 알코올 증후군을 예방하기 위해 임신을 계획하고 있는 부부에게는 반드시 금주를 권고하고 있다. 또한 나머지 임신 기간이나 모유 수유 기간, 그리고 자녀를 양육하는 기간에도 엄마의 음주가 미치는 영향에 대해 늘 기억하고 금주를 실천할 것을 권고하고 있다.

32

—

사회공헌부장과 88기적모금

2020년 1월, 유경하 의료원장님이 나에게 사회공헌부장(현재의 대외협력센터)을 맡아 달라고 하셔서 나는 흔쾌히 승낙했다. 왜냐하면 평소 대학 행정가의 가장 기본은 펀드레이징에 있다고 생각했기 때문이었다. 나는 사회공헌부장이 아닌 평교수 때에 1일 휴가를 내서 도움과나눔에서 하는 일일 기부 학교에 등록해서 공부를 해 본 경험이 있었다.

당해 2월부터 사회공헌부의 일이 시작되었다. 나는 바로 희망제작소의 3개월짜리 펀드레이징 학교에 등록하여 매주 수요일마다 오후 1시부터 7시까지 수업을 들었다. 학교의 수업은 매우 흥미로웠으며 나에게 많은 자극이 되었다.

희망제작소의 펀드레이징 학교에서는 시작 당시에 자기가 몇

배꽃에서 피워 온 김영주의 시간들

달 내에 모을 수 있는 기부금의 액수와 기부 프로젝트를 만들어서 실행해 보는 과제를 20여 명의 학생에게 공지했다. 나는 기부금의 액수를 3달 동안 3억 원으로 책정하고 구체적인 실행안을 만들어서 제출했다.

그 프로젝트의 제목은 연구 기금에 관한 것이었는데 3달이 지난 후 과제 발표를 할 때 나는 5억의 기금을 모아서 최우수상을 받았다. 6개월의 모금 학교에서의 시간은 생전 처음 해 보는 펀드레이징에 대한 여러 가지 다양한 수업 덕택에 흥미롭고 즐거웠다.

모금이란?
사회적 가치를 추구할수 있게 해주는것
-22기 김영주

사회공헌부장으로 나는 먼저 EUMC FUTURE 펀드 프로젝트 10의 브로슈어를 아주 예쁘게 만들었다. EUMC FUTURE 펀드 프로젝트는 진료 혁신 프로젝트, 연구 혁신 프로젝트, 사회 공헌 프로젝트로 나누었다. 진료 혁신 프로젝트에는 EUMC 커맨드 센터, 태아 알코올 증후군 예방 연구소 기금, 발달장애 아동 센터로 나누어져 있고, 연구 혁신 프로젝트에는 목동병원 산학협력관 발전 기금, 실험동물실 구축 기금으로 나누어져 있다.

또한 사회 공헌 프로젝트에는 Ewha Cancer Caring Center 기금, 보구녀관 재조명 기금, 이화에스더 2*2 기금, 이화뉴챌린지 기금, 이화미라클 건강검진 기금 등으로 구성되어 있다. 진료 혁신 프로젝트는 이지태 회장(한보 씨앤씨)이 맡았고 연구혁신위원장은 조종남 선생님이, 사회 공헌 프로젝트는 김화숙 선생님이 맡아서 진행해 주셨다. 전체 모금위원장은 오혜숙 선생님이 맡으셨다.

3개의 프로젝트 중에서는 연구 혁신 프로젝트가 가장 활발하게 모금 운동을 했다. 목동병원 동물실험실을 위한 10억 원 이상의 기금과 산학협력관(목동 MCC B관 7층과 8층) 기금이 가장 많이 모여서 목동병원의 연구 발전에 크게 기여할 수 있었다.

동물실험실의 기금을 위하여 씨젠의료재단, 이원재단 등에서 선뜻 몇억 원씩을 기부해 주셨다. 또한 동문 선후배 선생님들의 따뜻한 기부로 나는 1년 반의 사회공헌부장으로서의 기간을 아주 행복하고 보람 있게 보낼 수 있었다.

그 후에 나는 88기적모금 운동을 시작했다. 88달러, 1883년 미국의 한 여성이 머나먼 조선 땅에 스크랜튼 모자를 보내어 최초의 여성 병원인 보구녀관을 세우게 되는 시드 머니(seed money)가 된 기부금이다.

88기적모금 프로젝트는 그 의미를 교직원들이 매우 좋아해서 8만 8,000원 1계좌 혹은 880만 원 10계좌 등, 많은 분이 호응을 해 주었다.

그 결과 몇 개월 만에 거의 4억 원의 기금을 만들었고 이 기금으로 김옥길홀 재탄생 프로젝트의 진행에 사용하고자 했다. 이 자리를 빌려 88기적모금에 동참해 주신 교직원 여러분께 깊은 감사를 드리고 싶다.

2020년 10월 30일 보구녀관 133주년 기념식 및 300억 모금 달성 기념 축하 예배는 지금도 그 큰 감동을 지울 수가 없다.

33

이화의 역사를 잇는 초대 보구녀관장

2019년 2월, 이대서울병원이 개원할 때 의과대학 부지에 보구녀관을 복원했다. 1887년에 우리나라 최초의 여성 병원인 보구녀관이 세워져 한국 여성들을 치료한 것이 이화의료원의 전신이었다. 보구녀관의 의미는 널리 여성을 구하는 병원이라는 뜻으로 고종이 1888년에 하사한 이름이다. 원래 정동에 있는 보구녀관은 네 채였는데 이대서울병원에는 이 중에 한 채만 복원한 것이다.

나는 2020년에 초대 보구녀관장으로 임명을 받아 활동을 시작했다. 우리는 보구녀관 역사모임을 만들고 매주 수요일 4시에 모임을 운영했다. 당시 위원으로는 나를 포함하여 유경하 의료원장, 이자형 전 간호대 교수, 임선영 동창회장, 홍보실 직원, 보구녀관 아카이브 등이었다. 우리는 매주 모임에서 보구녀관 역사와 전체

배꽃에서 피워 온 김영주의 시간들

이화의료원의 역사를 조명하기 위한 관련 자료 준비를 시작했다.

거의 2년의 준비 끝에 2022년 초부터 역사모임에 이화의료원의 역사책을 작성하기 위한 작가가 초대되었다. 이 이화의료원의 역사책 발간에는 본교 이화역사관장인 백옥경 선생님의 도움이 매우 컸다. 비록 2년의 준비 시간이 있었음에도 직접 책을 쓰는 데 필요한 시간은 1년밖에 없어서 시간이 매우 부족했다.

이화의료원의 역사를 돌아보고 정리하면서 나는 내가 우리나라 최초의 여성 병원인 보구녀관에서 유래한 이화의료원의 교수로 근무하고 있다는 점과 보구녀관의 초대 관장이라는 사실에 무한한 자긍심을 느꼈다.

〈보구녀관의 역사모임〉

보구녀관은 1887년에 정동에 세워졌다. 1886년 이화학당을 세운 메리 스크랜튼이 미국 감리교 여성해외선교회(WFMS)에 한국의 여성 병원 설립과 여의사 파견을 요청하면서 기부로 세워진 병원이었다. 특별한 것은 보구녀관이 처음 개원한 날이 나의 생일인 10월 31일과 같은 날이라는 사실이었다.

처음 그 사실을 확인했을 때 나는 소름이 돋는 기분을 느꼈다. 무언가 만질 수도 없고 볼 수도 없지만 마음에서 느껴지는 운명 같은 것이 있었다. 게다가 내가 새로 복원한 보구녀관의 초대 관장이 되었다는 것은 특별한 의미와 역할을 부여받은 느낌이 들었다. 이화인으로서의 자부심과 소중한 마음이 오래도록 가슴에 남았다.

보구녀관의 1대 원장은 메타 하워드이고 3대가 로제타 홀, 7대가 박 에스더였다. 그러다 10대 원장을 끝으로 정동에서 동대문의 볼드윈 진료소를 거쳐 릴리안 해리스 기념병원으로 명맥이 이어지게 되었다. 그 당시 정동은 부유한 사람들이 주로 사는 곳이었고 동대문 밖에는 진료를 받기 어려운 가난한 사람들이 사는 곳이었다. 어쨌든 이화의료원의 정신은 가난하고 소외된 사람들을 치료하는 철학으로 이어지고 있었다.

보구녀관의 3대 병원장인 로제타 홀 여사는 보구녀관에서 의료보조 훈련반을 설치하여 생리학, 약리학 같은 학문을 박 에스더 등에게 가르쳤다. 이후 릴리안 해리스 기념병원을 거쳐 동대문 부인

배꽃에서 피워 온 김영주의 시간들

병원, 조선의학강습소를 설립했다. 향후에 이 조선의학강습소는 로제타 홀이 미국으로 돌아간 후 길정희와 김탁원 부부가 맡아서 운영하다가 경성여자의학전문학교를 거쳐 우석학원, 고려대의 전신이 되었다.

보구녀관의 7대 병원장인 한국인 최초의 여성 의사인 박 에스더는 이화학당의 4번째 학생으로 보구녀관에서 로제타 홀이 구개열을 수술하는 것을 보고 감동하여 의사가 되기로 했다. 크리스천 세례명으로 에스더가 되었고 박여선과 결혼한 후에 그녀의 이름이 박 에스더가 된 것이었다.

그녀는 미국에서 유학하여 볼티모어 의과대학을 졸업했다. 이후 한국으로 돌아와 10년간 보구녀관에서 봉사하다가 안타깝게도 결핵으로 사망했다. 나는 박 에스더의 힘든 생애와 열정적인 삶의 역사를 돌아보면서 이화의료원이 이렇게 헌신적인 여의사의 힘으로 유지됐다는 사실에 감동하지 않을 수 없었다. 생생한 역사의 목소리를 통해 나는 나의 책임감과 사명감을 깨닫게 되었다.

정동에 있는 보구녀관은 세월을 이기지 못하고 점차 낡아져 갔다. 아무리 보수를 해도 한여름 홍수를 겪고 나면 곰팡이가 생겼다. 이 때문에 병원의 위생이 취약해졌고 1907년 즈음에는 마루와 벽이 무너지며 지붕이 떨어지기 일보 직전인 상황이 되었다.

이때 엠마 언스버거는 미국에 머무는 동안 새 병원의 필요성을 편지에 써서 청중에게 전했다. 이 진심이 코웬 부인에게 닿았고 그녀가 새로운 여성 병원을 위해 거액의 기금을 기부하여 릴리안 해리스 기념병원을 동대문 지역에 짓게 되었다.

이 릴리안 해리스 기념병원은 동대문 부인병원으로 혼용되어 불렸다. 그러다 1930년경 동대문 부인병원은 외국인 선교사들의 역할이 많이 축소되면서 산부인과의 성과가 월등히 뛰어나 산과 전문 병원으로 명성을 얻기 시작했다. 당시 동대문 부인병원에는 안수경, 한소제 등 한국인 여의사가 진료 중이었다.

1937년 한 해 동안 출생한 신생아 수가 무려 1,024명에 달했는데 이는 당시 전국에 있는 전체 병원의 출산 건수보다 많은 기록이었다. 가정 내 분만이 일반적이었던 분위기 속에서 동대문 부인병원 의료진의 헌신적인 노력과 뛰어난 의술은 난산의 고통을 겪던 산모들에게 가장 필요한 것이었다. 산모들은 이 병원에서 건강하게 출산을 하고 집으로 돌아갈 수 있었다.

내가 보구녀관장으로 역사를 공부하면서 알게 된 것은 이화의료원이 최초의 여성 병원인 보구녀관으로부터 여성의 건강을 책임지는 모태 병원이었다는 점이다. 이화의대 역시 로제타 홀의 의학 교육에서 유래하는 여성 교육의 시초가 되는 대학이라는 사실이었다.

이후 이대동대문병원은 1993년 9월 1일, 이대목동병원을 낳았으며 그 후 동대문 지역의 낙후와 도심의 공동화로 적자를 면치 못하다가 2008년에 목동병원으로 합병이 되었다. 내가 의대 시절 실

배꽃에서 피워 온 김영주의 시간들

습을 돌던 동대문병원이 없어진 일은 충격과 안타까움이 아닐 수 없었다.

  그러나 그 후 이대의료원은 이대서울병원을 2019년 2월 마곡지구에 지하 5층, 지상 10층 규모로 1,014병상의 큰 병원을 아주 멋지게 지었다. 현재 이대목동병원과 이대서울병원은 모두 활발한 환자 진료와 연구 및 교육에 매진하고 있다.

〈이대서울병원에 있는 보구녀관의 전경〉

34

의료기술협력단장으로 이끈 개방형 실험실 사업

2019년부터 의과대학이 이전하고 남은 공간에 대형 국책 과제를 수주하자는 노력이 있었다. 그 첫 번째 프로젝트는 한국보건산업진흥원의 '개방형 실험실 구축 사업'이었다. 개방형 실험실 구축 사업은 의료원이 보유한 우수한 인력과 인프라를 개방·활용해 유망한 바이오헬스 기업을 육성하고 성장을 지원하는 사업이었다.

우리는 기존에 사업을 운영 중이던 여러 병원을 벤치마킹해 오던 중이었다. 2021년 당시 이화의료원의 연구진흥단을 이끌고 계셨던 하은희 선생님께서는 '2021년 감염병 특화 개방형 실험실 구축 사업(7억/년, 3년)'을 그 첫 번째 성과로 만드셨다.

사업을 수주하던 그해 7월에 하은희 선생님이 이화여자대학교 의과대학의 학장이 되시면서 보직을 내려놓게 되었다. 나는 그분의 뒤를 이어 목동병원의 의료기술협력단장을 맡게 되었다. 동시에 하은희 선생님의 성과를 이어받아 2022년부터 개방형 실험실 사업을 2년간 진행했다.

개방형 실험실 구축 사업은 임상의와의 협업을 통해 산학연병 네트워크를 구축하고 병원 현장의 미충족 수요를 해결해 나갈 수 있는 계기가 되었다. 사업의 중요성은 이대목동병원의 개소식 당시, 축사를 맡아 주셨던 한국보건산업진흥원의 관계자께서 "이제 병원은 개방형 실험실을 보유한 병원과 보유하지 않은 병원으로 나뉜다"라고 축사를 할 정도였다. 따라서 대형 병원들 사이에서는 사업 수주에 공을 들이고 있었다.

2년 6개월간의 사업 기간 동안 49개 참여 기업들과 이대목동병원이 만든 개방형 플랫폼을 통해 우리가 기대하던 산학연병 네트워크를 구축할 수 있었다. 또한 이 사업은 이제 막 창업한 소규모 벤처들이 임상 의사 선생님들과 협업을 할 수 있도록 도와주는 것이 핵심 내용이었다.

이상준 국장님과 이상영 선생님, 유수진 선생님과 함께 협동하여 우리는 좋은 성과를 낼 수 있었다. 그러나 애석하게도 2023년 12월에 이 사업이 끝나면서 우리는 그동안 정들었던 개방형 실험실의 구성원들과 헤어질 수밖에 없었다. 안타까운 일이었다. 게다가 병원의 발전을 위해서는 추가적인 사업이 필요했다.

〈개방형 실험실 개소식, 2021년〉

배꽃에서 피워 온 김영주의 시간들

35

ER 바이오 코어 퍼실리티 구축 사업과
의료기술협력단장

2021년 12월, 크리스마스와 2022년 1월, 새해를 맞이하던 때였다. 다른 해였다면 따스하고 행복한 연말연시를 가족들과 의미 있게 보내고 있을 시기였다. 그러나 나를 비롯한 의료기술협력단의 김정은 파트장, 김유희 교수, 곽은비 선생님은 성탄절과 새해 휴가를 자진 반납했다. 연구재단의 '바이오 코어 퍼실리티 사업(105억 원/7년)'을 수주하기 위해 고전분투해야 했기 때문이었다.

사실 의료원에서는 처음으로 100억 원 이상의 사업을 신청하는 것이었다. 우리는 결과에 대한 확신이나 자신이 없는 상태였다. 그러나 도전해 보지 않고는 어떤 결실도 얻을 수 없다는 것을 누구보다 잘 알고 있었다. 어떤 일이든 반드시 처음이 있기 마련이므로 실패를 두려워하지 않고 도전하고 싶었다.

나는 당시 연세대학교 소속 벤처 기업의 박 대표를 알고 있었다. 그는 내가 이대목동병원의 연구 중심 병원 준비를 위해 몇 년 전부터 조언을 구하던 분이었다. 나는 의료원을 설득하여 박 대표에게 컨설턴트를 부탁했다. 바쁜 그는 주말에만 시간을 낼 수 있었다. 우리는 주말마다 그와 함께 연구 제안서를 수정하고 발표 자료를 정리해 나갔다.

연말과 새해의 시간은 정신없이 흘러갔고 우리의 노력만큼 차츰 제안서가 모양새를 갖춰지기 시작했다. 그 덕분에 우리는 고단함과 힘겨움을 잊을 수 있었다. 특히 발표 자료를 만들 때는 PI이신 의료원장님도 몸을 사리지 않고 물심양면으로 힘을 보태 주셨다. 서로의 마음을 모으고 에너지를 집중하니 두려울 것이 없었다.

드디어 2022년 1월 13일, 우리는 의료원 사상 처음으로 100억 원 이상의 사업에 최종 채택되었고 유경하 의료원장 PI로 사업비를 지원받게 되었다. 대단한 쾌거였다. 최선의 노력 뒤에 얻는 최고의 성공은 무엇으로도 비교할 수 없는 기쁨이 되었다. 혼자가 아닌 '함께'의 위대함을 다시 한번 깨닫는 계기였다.

* 다음은 ER 바이오 코어 퍼실리티 사업에 대한 소개의 글로 전상표 실장이 작성해 주었다.

ER 바이오 코어 사업(연구재단)은 총 7년, 111억 규모의 Core Facility 구축 사업으로 10개의 기업을 상장까지 시킬 수 있도록 지원해 주는 프로그램이다. 병원 인프라와 사업화를 지원하여 적합성 제고, 효율적 가속 성장, 기업 가치 증대를 위한 맞춤형 자문과 교육으로 기업이 시장을 선도할 수 있는 글로벌 경쟁력을 갖출 수 있도록 이대목동병원 MCC B관 9층을 전용 공간으로 확보하고 공초점 현미경과 유세포 분석기, 차세대 염기 서열 분석기와 같은 실험 장비 제공, 입주 기업 전용 공간 및 대형 화상 회의실 제공 등의 시설 인프라와 임상의 자문, 투자 전문가 연결, 전문가 초청 세미나 및 실험 장비 맞춤형 사용자 교육과 같은 교육 프로그램 제공 등 기업의 전주기적 맞춤형 수요를 공급하는 VICTORI 프로그램을 운영하여 바이오 스타트업의 스케일업을 지원하고 있다.

기술사업화 총괄로 고대구로병원 개방형 실험실을 성공적으로 이끌었던 전상표 실장과 R&D 및 장비의 전대룡 박사가 합류하여 사업화를 견인할 수 있게 했고, 오세영 연구교수, 이지윤 연구원을 채용하여 임상 연구와 연구 행정 지원을 전문화했다.

1단계 공동 연구 개발 기관으로 뉴로소나, 스키아, 시너지에이아이, 엑솔런스, 티에스바이오 5개 기업을 선정하여, 혁신적인 신약, 바이오 헬스 기술을 고도화하여 정부 과제 수주, 투자 유치, 해외 매출 등의 성과를 창출하고 있으며, 스키아사와 시너지에이사는 2024년 CES 혁신상 수상의 쾌거를 이루었다.

⟨ER 바이오 코어 사업단 개소식, 2022년 12월 1일⟩

배꽃에서 피워 온 김영주의 시간들

36
—
의무산단부단장의 시간

2022년부터 2023년까지 2년간 나는 의무산단부단장의 일을 하게 되었다. 본교의 연구처 및 산학협력단 소속으로 연구처장 및 산학협력단장의 첫 1년은 이향숙 선생님이 맡으셨고 다음 1년은 이준성 선생님이 맡으셨다. 연구처장 밑에는 연구처부처장과 산학협력부단장이 있었고 의대에는 의무산학부단장이 있었다.

의무산학지원팀에는 김영인 팀장, 이수현 파트장 외 3명의 직원이 열심히 업무를 추진했다. 나는 목동병원에서 진료를 해야 했기 때문에 서울병원의 의과대학 내에 있는 의무산단에 자주 갈 수는 없었다. 그러나 전화 및 이메일을 수시로 체크하여 업무에 지장이 없도록 열심히 꾸려 나갔다.

우리 의과대학과 의료원의 연구비는 200억 원 정도로 빅 5의 의료원에 비해 그 규모가 1/4 정도의 수준이어서 의무산단을 의료원 내로 분리하기는 어려웠다. 그러나 내가 일하고 있는 2년의 세월 동안 의료원 비전임 교원 및 병원의 연구비가 현격히 증가하여 거의 300억 원의 수준으로 올라갔다. 이후에 가능한 이른 시일 안에 의무산단을 독립적으로 의료원 내에 분리하는 것이 중요한 과제로 남아 있다.

신중한 사람은 언제나 진지하고 열심히 연구한다.
그것은 자신이 몸담은 분야를 온전히 이해하기 위해서,
그리고 자신의 지식을 매개로
다른 사람을 잘 이해시키기 위해서다.

- 애덤 스미스 『도덕 감정론』

PART 5

여성 건강 연구의 역사를 쓰는
시간들

37

연구에 대한 열망

의사로 자리를 잡자 나의 연구에 관한 생각은 점점 더 간절해지고 있었다. 그 갈망은 밀려드는 환자를 보면서 더 목이 말랐다. 연구비는 없는데 하고 싶은 연구와 실험은 많았다. 나는 그동안 산부인과 의사의 역할이 단순히 환자를 진료하고 치료하는 것에 머물지 않는다고 확신해 왔다. 여성들의 신체적, 정신적 건강을 종합적으로 살피고 질병을 예방하여 그들이 행복한 삶을 영위하도록 돕는 역할도 산부인과 의사인 나의 소명이라고 생각했다.

니체의 책 『인간적인 너무나 인간적인』에서 "모든 일의 시작은 어렵지만 무슨 일을 막론하고 시작하지 않으면 아무것도 시작되지 않는다"라는 구절을 읽은 적이 있다. 일에 밀리고 시간이 부족해도 내가 연구에 대한 열망을 멈추지 못하는 것은 어떻게든 시작해야 성과를 얻을 수 있음을 누구보다 잘 알기 때문이었다. 나는 인생에서 스스로 만족할 수 있는 의사가 되어 그 소명을 다하고 싶었다.

처음에는 교내 연구비 500만 원을 받아서 작은 규모로나마 하고 싶은 연구를 시작할 수 있었다. 이후 미국 연수를 다녀와서 의대 동창회에서 주는 연구비 500만 원을 받아 다시 연구를 진행할 수 있었다. 그렇게 시작된 연구에는 '조기 진통 산모의 양수 내 사이토카인에 대한 연구, 임신성 고혈압 관련된 유전자 연구, 성교육 관련된 연구'들이 있다.

여기에서 성교육과 관련된 연구는 미국의 Women in Science and Engineering 프로그램에서 받은 500달러로 이대초등학교 김정효 선생님과 함께 진행했다. 김정효 선생님은 올해 정년이셔서 지난번 교수평의회에서 진행한 정년 교수 환송회에 들러 반가운 인사를 나누었다.

* 다음은 1994년부터 2000년까지의 연구비이다.

- 조기 진통 및 양막 융모막염 임산부에서 양수 천자에 의한 IL-6 및 TNF-a의 의의, 이화여대 교내 연구비: 2,300,000원 (1994-1995)
- In situ Hybrization에 의한 chromosomal aneuploidy의 detection 에 관한 연구, 이화여대 교내 연구비: 4,000,000원 (1995-1996)

배꽃에서 피워 온 김영주의 시간들

- Sex education, 미국 WISE의 minigrant: 500$ (2000-2001)

- 임신성 고혈압 질환과 유전적 다형성과의 연관성에 관한 연구, 제4회 의과대학 창립 50주년 기념학술연구회 연구비: 5,000,000원 (2000.05)

- 한국인 임신성 고혈압 질환에 있어서 라이포프레테인 라이파제 유전자의 다형성에 관한 연구, 이화의대부속목동병원 임상 연구비: 4,000,000원 (2000-2001)

- 초등학생(4-6년)을 대상으로 한 성교육 지도 지침 및 지도 자료의 개발, 교육부: 20,000,000원 (조연순, 김영주, 김영자) (2000.6-2000.10)

- 성희롱/성폭행 예방 교육 프로그램 및 CD-ROM 개발(초등4-6학년), 교육부: 20,000,000원 (김정효, 김영주, 김민경, 오영주) (2000.6-2000.10)

- 임신성 고혈압 환자에 있어서 M235T angiotensinogen 유전자의 변이에 관한 연구, 이화여대 교내 연구비: 5,000,000원 (2000-2001)

- 미국 NIH grant co-investigator: Gene-Environment interactions in human craniofacial anomalies (2001) Sex education. 미국 WISE의 minigrant: 500$ (2001-2002)

38
—
나의 연구 개화기

내가 처음 연구를 시작할 수 있었던 것은 본교 식품영양학과 장남수 선생님, 김화영 선생님 덕이었다. 경희대 박현서 선생님 팀과 함께 보건복지부 과제의 공동 연구진으로 들어가면서부터 가능했다. 그 과제는 '가임 여성과 아동의 영양 개선 및 건강 증진 연구'라는 주제였다. 우리는 보건복지부에서 연 4,150만 원을 받아 2005년까지 과제를 수행하여 많은 연구 논문을 작성할 수 있었다.

그 과제를 바탕으로 2004년에는 보건복지부 협동 과제를 진행했다. '임산부에서 혈중 항산화 비타민 수준이 태아 환경 및 출생 후 성장에 미치는 영향'이라는 주제로 연 1억 원의 연구비를 받아 더욱 활발하게 연구할 수 있었다.

2005년부터 2007년까지는 현재 시행하고 있는 cell free DNA로

배꽃에서 피워 온 김영주의 시간들

다운증후군 진단의 원조가 되는 '모체 혈액을 이용한 태아 유전 질환 검사법의 개발'이라는 주제로 서울시에서 연 1억 원의 연구비를 받아 수행했다. 이 시기 동안에는 나의 고종사촌인 박정현 씨가 연구원으로 혼자 근무하며 나를 도와주었다.

* 다음은 이 시기 동안 내가 책임으로 혹은 공동으로 수주한 연구 과제들이다.

- 가임 여성과 아동의 영양 개선 및 건강 증진 연구, 보건복지부 중점 과제: 41,500,000원/년 (2002-2005), 박현서 선생님, 장남수 선생님 등과 공동 연구
- 임산부에서 혈중 항산화 비타민 수준이 태아 환경 및 출생 후 성장에 미치는 영향, 보건복지부 협동 과제: 100,000,000원/년 (2003-2005), 책임 연구
- 자간전증에서 임신에 의한 혈관 내피세포 기능 부전 연구 : 임신에 의한 호르몬의 변화가 혈관 내피세포 기능에 미치는 영향, 과학재단 특정 기초 연구: 80,000,000원/년 (2003-2006), 서석효 선생님과 공동 연구
- 자간전증 내피세포 손상 기전 규명 및 예방 치료제 개발, 학술진흥 재단 우수여성: 44,000,000원/년 (2005-2007), 책임 연구
- 저출산율 시대에 대응하는 출생 코호트 네트워크를 이용한 서울시 모자

보건사업, 서울시: 200,000,000원/년 (2005-2010), 하은희 선생님과 공동 연구

· 모체 혈액을 이용한 태아 유전 질환 검사법의 개발, 서울시: 100,000,000원/년 (2005-2007), 책임 연구

· 환경 노출에 의한 산모와 영유아 대상 건강 영향 연구, 환경부: 500,000,000원/년 (2006-2011), 하은희 선생님과 공동 연구

· 다환성 탄화수소계 화합물(PAHs)이 다세대 간 전이에 미치는 후생유전학적 생식 영향에 관한 연구, 식약청: 150,000,000원/9개월 (2008), 조인호 선생님과 공동 연구

39

—

첫 번째 연구의 꽃:
태아 프로그래밍과 성인기 질환 연구

2000년이었던 것으로 기억한다. 그 당시 나는 한양대 박문일 선생님과 네덜란드에서 열리는 외국 학회에 간 적이 있었다. 그때 박문일 선생님께서는 나에게 태아 프로그래밍에 대한 연구를 해 보면 어떻겠느냐고 제안하셨다.

태아 프로그래밍이란 1950년대 영국의 David Barker 박사가 만든 개념이다. 임신 중에 임산부가 나쁜 환경에 노출되면 아기는 후생유전학적인 기전에 따라 저체중아로 태어나고, 저체중아로 태어난 아기는 자라서 대사 질환, 고혈압, 비만 등의 다양한 성인 질환에 걸릴 위험이 매우 크다는 가설이다. 박문일 선생님의 말씀이 나의 뇌리를 찔렀고 그때부터 나는 태아 프로그래밍 연구에 몰두하기 시작했다.

'태아 프로그래밍' 이론은 제2차 세계대전 당시 네덜란드 대기근에 관한 연구를 통해 처음으로 제시되었다. 이는 임신기 동안 영양 부족을 겪은 산모가 저체중 자손을 출산했고 이들이 심혈관 질환이나 당뇨, 비만에 대한 위험성이 더욱 높은 것을 발견한 것이다.

최근 서구화된 식습관으로 임신 중 모체의 고지방 및 고당분 음식 섭취에 따른 비만과 자손의 비만에 대한 연관성은 이미 잘 알려져 있다. 그러나 태아 프로그래밍 가설에 따르면 체중 감량을 목적으로 하는 임신 중 모체의 다이어트 또한 자손의 건강에 악영향을 줄 수 있다는 사실이다.

이는 자손이 출생 이후 정상 식이를 섭취했음에도 불구하고 임신 중 모체가 영양 부족이나 영양 과잉에 노출되었다면 다음 세대 자손의 대사 질환 관련 지표들에 영향을 줄 수 있음을 나타낸다. 결과적으로 모체의 임신 중 식이 영향이 자손의 장내 미생물 구성에 영향을 줄 수 있을 뿐만 아니라 우리 몸에 유익한 대사산물에도 영향을 미쳐 이후 성인기 질환에 대한 위험성을 더욱 높일 수 있음을 나타낸다.

이처럼 자손의 건강은 태어나기 전부터 모체의 식단으로부터 영향을 받을 수 있다. 이 때문에 임신 중 모체의 건강한 식단이 자손의 건강한 삶을 위해 더욱 중요한 것이다.

나는 태아 프로그래밍의 동물 모델을 만들고 싶어서 고심했다. 말보다 행동을 우선하는 나의 노력으로 미국의 UC San Francisco 에 있는 인도 여성인 Desai를 찾아가기도 하고, 메일로 태아 프로그래밍 동물 모델의 구축을 위해 제안하기도 했다.

그러한 10년의 노력 덕분에 나는 2010년에 드디어 한국연구재단의 기본 연구 과제를 태아 프로그래밍 연구로 수주할 수 있었다. 이 연구비는 가장 소중한 기회가 되어 나의 태아 프로그래밍 연구에 박차를 가할 수 있게 해 주었다.

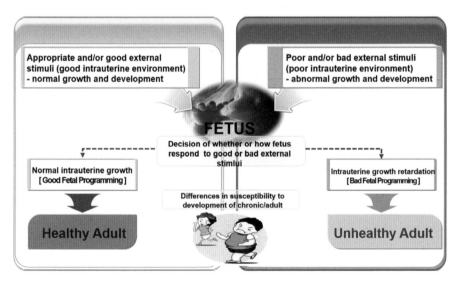

⟨태아 프로그래밍의 개념⟩

문헌 고찰과 여러 사람의 조언을 얻어 여러 날의 고심과 연구 끝에 나는 태아 프로그래밍 동물 모델을 다음과 같이 만들 수 있었다.

Animal madel of fetal programming

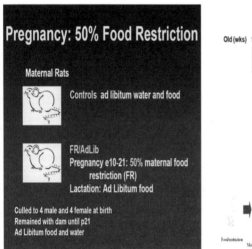
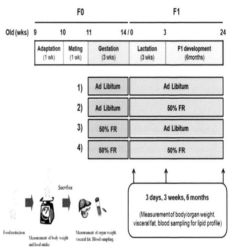

태아 프로그래밍 동물 모델은 크게 다음과 같이 4개의 그룹(임신기에 정상 식이 + 수유기에 정상 식이, 임신기에 정상 식이 + 수유기에 50% 식이 제한, 임신기에 50% 식이 제한 + 수유기에 정상 식이, 임신기에 50% 식이 제한 + 수유기에 50% 식이 제한)으로 나뉜다. 이 중에 3번 그룹(임신기에 50% 식이 제한 + 수유기에 정상 식이) 한 군이 진정한 의미의 태아

배꽃에서 피워 온 김영주의 시간들

프로그래밍 동물 모델이라고 할 수 있다.

그런데 놀랍게도 이렇게 태어난 쥐는 3개월이 되면 아주 뚱뚱한 비만 쥐가 되었다. 나는 태어난 쥐에게서 채취한 혈액, 여러 가지 장기(뇌, 간 등)에서 비만 시에 볼 수 있는 여러 표지자를 발견할 수 있었다. 태아 프로그래밍 동물 모델은 식이를 제한하는 연구여서 나의 예쁜 쥐들이 때로는 아사를 겪기도 하고 실험 결과도 매우 변화(variation)가 컸다. 이 때문에 첫 번째로 이 모델로 박사 학위를 받은 이상미 박사가 매우 고생했다.

이렇게 하여 작성한 태아 프로그래밍 관련 첫 논문이 2013년에 다음과 같은 논문으로 실리게 되었다.

Lee SM, Lee KA, Choi GY, Desai M, Lee SH, Pang MG, Kim YJ, Feed restriction during pregnancy / lactation induces programmed changes in lipid, adiponectin, and leptin levels with gender differences in rat offspring. Journal of Maternal-Fetal & Neonatal Medicine 2013;26(9):908-914.

또한 2008년에는 W. 알렌 워커 박사가 저술한 『The Harvard Medical School Guide to Health Eating During Pregnancy』라는 제목의 영문 도서를 『임신 출산 영양 가이드』라는 제목으로 번역하여 출판하기도 했다.

그러던 2011년 어느 날 『조선일보』를 읽던 나는 첫 면 기사를 읽고 뇌리를 스치는 어떤 번뜩이는 아이디어를 생각해 내었다. 다이어트를 심하게 한 임신부의 아이가 비만이 된다는 이 기사는 나에게 아주 중요한 메시지를 알려 주었다.

바로 이 개념이 태아 프로그래밍의 개념이었던 것이다. 또한 이에 대한 기전이 바로 메틸레이션이라는 후생유전학적 개념에서 온다는 내용이었다.

조선일보 2011년 4월 26일자

다이어트 심하게 한 임신부, 아이는 비만 된다

영양 부족해도 견딜 수 있게 지방분해 못하는 유전자 생겨

2차대전이 끝을 향해 달려가던 1945년, 네덜란드에 대기근이 찾아왔다. 설상가상으로 점령군인 독일군도 식량이 부족해 네덜란드 사람들을 챙길 여유가 없었다. 몇년 후 놀라운 일이 일어났다. 대기근 당시 굶주린 엄마에게서 태어난 아이 중 유독 비만아가 많았던 것이다.

영양공급이 부실한 산모에게서 나온 아이들은 왜 비만 비율이 높을까. 영국 사우샘프턴대 연구진이 마침내 시대를 뛰어넘는 '날씬한 엄마와 비만 아이'의 패러독스를 해결했다. 당은 자의든 타의든 임신 초기에 영양공급이 제대로 되지 않으면 태아의 유전자가 바뀌어 나중에 비만아로 자라게 된다는 것이다.

사우샘프턴대 연구진은 최근 국제 학술지 '당뇨병(Diabetes)'에 "임신 초기 다이어트를 심하게 한 산모에게서 태어난 아이의 유전자를 분석했더니 'RXRα'라는 유전자가 메틸화(키워드 참조)됐으며, 이 경우 나중에 자라서 비만으로 발전하는 확률이 높다"고 발표했다. 이 유전자는 지방세포 발달과 지방 대사에 관여하는 유전

자다. 메틸화가 되면 이 유전자의 기능이 차단돼 지방을 제대로 분해하지 못한다. 결국 엄마의 다이어트가 아이의 지방 분해 능력을 감소시켜 나중에 비만을 유발하는 뜻이다.

연구진은 어떤 형태로든 굶주림을 겪은 산모의 몸은 태아가 영양분이 부족한 환경에서 살 수 있도록 유전자를 변화시킨다고 예상했다. 일단 다이어트를 하고 있는 임산부 78명의 영양 섭취 상태를 확인했다. 그리고 아기가 태어나자마자 탯줄에서 DNA를 확인했다. 9년 후 연구진은 X선 검사로 이들의 체지방을 검사해 비만 여부를 확인했다. 조사결과 태어날 때 'RXRα'라는 유전자가 메틸화된 아이들이 나중에 비만에 걸려 있는 비율이 높은 것으로 나타났다. 아이의 유전자 변화는 임신 초기 탄수화물 섭취를 줄인 산모에서 주로 나타났다.

연구진은 조사대상을 임산부 239명으로 확대했다. 이번에는 후천적인 요인을 최소화하기 위해 1차 조사보다 이른 시기(출생 후 6년)에 아이들의 비만 여부를 조사했다. 역시 'RXRα' 유전자가 메틸화된 아이들의 비만 비율이 높았다.

연구진은 "5~10년 전까지만 해도 유전자에 의해 나타나는 비만을 막을 수 없다고 생각했다"면서 "이번 연구

결과는 영양공급의 조절로 유전자의 메틸화에 영향을 주면 유전적 비만을 막는 방법을 찾을 수 있음을 알아낸 것"이라고 밝혔다.

최근 미국을 중심으로 임산부의 영양공급 불균형과 같은 후천적인 요인이 나중에 태어날 아이의 유전자에 어떤 영향을 미치는지 알아보는 연구가 봇물을 이루고 있다. 한국생명공학연구원 김용성 박사는 "임산부의 영양 불균형이 태아의 유전자에 영향을 미쳐 나중에 암이나 당뇨, 비만, 우울증, 자폐증까지 유발한다는 연구 결과들이 나와 있다"며 "요즘엔 후천적으로 유전자가 변형된 경우 어떻게 치료할 수 있을지에 대한 논의도 진행 중"이라고 말했다.

이영완 기자 ywlee@chosun.com
이재원 조선경제i 기자 true@chosun.com

➡ 메틸화(methylation)
인간의 유전 정보를 담고 있는 DNA에 '메틸(CH₃⁻)' 분자가 붙는 현상. DNA를 이루는 염기 중 하나에 CH₃가 붙으면 메틸화됐다고 말한다. 메틸화된 DNA는 유전자 발현이 억제돼 제 기능을 하지 못한다. 메틸은 수산화 분자(OH⁺)와 결합해 알코올 램프의 원료인 메탄올이 된다.

배꽃에서 피워 온 김영주의 시간들

이 기사는 2011년부터 지금까지 종이가 너덜너덜해질 때까지 나의 연구실의 게시판에 붙어 있다. 2012년경부터 관련된 많은 데이터가 나오기 시작했는데, 그중에서도 나는 동물 모델의 뇌의 시상하부(hypothalamus)에 있는 POMC(Proopiomelanocortin) 유전자의 변화가 프로테오믹스(proteomics) 결과 나오는 것을 발견했다.

바로 이것이었다. POMC 유전자는 지방세포를 분해하는 역할을 하며 만일 이 유전자가 메틸레이션(methylation)이 많이 되면 유전자의 발현이 안 되어 지방세포가 덜 분해되기 때문에 태어난 아기는 비만아가 될 수 있다. 그래서 나는 이 동물 모델에서 나온 결과를 우리가 가지고 있는 코호트에서 증명해 보기로 했다.

마침 나는 박혜숙 선생님과 하은희 선생님과 함께 2000년경부터 임산부와 분만 시 신생아의 제대혈, 태어난 아기를 19세까지 추적 관찰하고 있었다. 우리는 9년 전부터 보관해 온 100여 명의 아기의 제대혈 내 POMC 메틸레이션 수치를 측정했다. 그 결과 제대혈의 메틸레이션 수치가 10퍼센타일(percentile)로 가장 높은 군의 경우 아기의 체중이 가장 적었으며 9세 때 이 아이들의 체질량지수가 가장 높으면서 대사 증후군과 관련된 혈액 수치가 높다는 사실을 발견했다.

이 논문은 2014년에 『Diabetes Care』에 실리는 영광을 안았다. 또한 POMC의 메틸레이션 정도를 제대혈에서 측정하는 방법을 비만의 표지자로 특허 등록할 수 있었다.

* 다음은 내가 수주한 태아 프로그래밍 관련 연구 과제이다.

- 태아 프로그래밍 동물 모델의 확립과 기전 연구, 한국과학재단:

  180,000,000원/3년 (2010-2013)
- 태아 프로그래밍에 근거한 비만 발달의 후생유전학적 바이오마커 개

  발 및 기전 연구, 이화융합의학 연구비, 이화의료원: 20,000,000원

  (2011-2012)
- 여성 대사 질환 Global Top 5 project 연구비, 이화여대:

  100,000,000원/년 (2012-2014)
- 제대혈에서 후생유전학적 비만 관련 마커 개발 및 코호트 확립, 연구

  재단: 117,000,000원/3년 (2013-2016)
- 태아 프로그래밍 동물 모델을 이용한 후생유전학적 비만 관련 마커 기

  전 연구, 연구재단: 150,000,000원/3년 (2016-2019)

또한 2013년 EBS로부터 태아 프로그래밍에 관련된 동물 실험
에 대해 방송 촬영을 하고 싶다는 연락을 받았다. 우리는 촬영을
허락하여 EBS 「다큐프라임」에 방영이 되는 영광을 안았다. 또한
그 내용은 사람들에게 많은 흥미를 주어 『퍼펙트 베이비』라는 제
목의 책을 출간하는 기쁨도 맛보게 되었다.

배꽃에서 피워 온 김영주의 시간들

* 다음은 내가 『퍼펙트 베이비』 책을 위해 써 준 추천의 글이다.

EBS 퍼펙트 베이비는 자궁 속 10개월이 평생의 정서와 건강에 결정적인 영향을 끼친다는 위대한 발견을 후성유전학의 관점에서 조명한 매우 훌륭한 프로그램이다.

이미 좋지 않은 환경에서 태어난 아이들의 부모는 아이들에 대한 미안함을 느낄 수 있겠지만, 어떤 면에서는 좋지 않은 환경에서 태어난 아이들도 노력을 통해 더 훌륭한 아이가 될 수 있다는 희망의 메시지가 될 수도 있다. 즉 지난날의 작은 실수는 미래의 도약을 위한 디딤돌이 될 수도 있다는 것이다.

따라서 남들보다 작게 태어나거나 스트레스에 민감한 아이로 태어났다고 하더라도 부모의 세심한 배려와 사랑의 양육으로 얼마든지 건강하고 행복한 아이로 성장할 수 있다. 그 귀한 해결의 열쇠가 바로 이 책에 담겨 있다.

40
—
두 번째 연구의 꽃:
조산 관련 연구

내가 조산(임신 37주 전에 분만하는 경우)에 관심을 두고 연구를 시작하게 된 것은 서울대학교 윤보현 선생님의 영향이 컸다. 내가 30세 무렵 교수가 되었을 때 당시 윤보현 선생님은 40세였다. 선생님은 미국 Wayne State University의 Dr. Romero라는 분께 연수를 다녀오면서 감염에 의한 조산의 기전을 새롭게 밝히고 다른 일반 산과 교수들은 넘보지 못할 정도로 좋은 영어 논문을 저널에 출판하신 상태였다.

나의 목표는 조산에 관한 연구로 윤보현 선생님을 능가하는 산과 의사가 되는 것이었다. 이런 나의 노력은 비록 윤보현 선생님을 능가하지는 못했지만 나에게 많은 논문과 특허, 기술 이전을 조산 분야에서 이루어 낼 수 있는 좋은 자극제가 되었다.

배꽃에서 피워 온 김영주의 시간들

2014년부터 2019년에는 보건복지부의 12억 5천만 원 규모의 신규 중개 연구를 수주했다. 우리 연구팀은 조산과 태아 손상을 예방하고 자궁 수축 억제제의 부작용을 예방하며 개인 맞춤형 조산 방지 약물 치료법을 구현하고자 조산 산모의 임상 샘플을 이용한 바이오마커 개발 연구를 수행했다.

또한 임산부 혈액에서 후성유전자와 마이크로바이옴을 이용하여 조산 위험도를 예측할 수 있는 바이오마커와, 질 분비물에서 면역 물질과 마이크로바이옴을 이용하여 조산 진단을 위한 바이오마커를 개발했다. 이러한 성과는 전 세계적으로도 그 우수성을 인정받을 만한 내용이었다.

우리는 혈액과 질에서 마이크로바이옴을 이용한 조산 예측 개발 성과를 전 세계에 널리 알리기 위하여 SCI 논문에 출판하고자 2017년부터 투고했다. 그러나 매번 낙방의 고배를 마셔야 했다. 그러던 중 미국의 Human Microbiome Project에서 연구한 결과가 2019년에 『Nature Communication』 논문집에 출판되자마자 그제야 우리 개발 성과가 출판 승인을 받는 웃지 못할 에피소드도 있었다.

특히, 질에서 개발한 조산 관련 마이크로바이옴의 조산 위험성의 예측에 대한 민감도와 특이도가 높게 나타나 바이오마커로서의 우수성이 나타났다. 이를 바탕으로 우리는 현재 D&P Biotec 회사와 진단 키트의 개발을 진행하고 있다.

이러한 임상 연구는 임산부와 태아에게 안전한 비침습적인 바이오마커의 개발이다. 이것은 임산부에게 조산 및 태아의 손상을 예측할 수 있다. 또한 조산으로 예측되는 산모에게 적절한 치료를 제공하여 조산을 예방함으로써 신생아 건강을 증진하는 데 활용할 수 있다. 우리의 연구가 한 단계씩 의미 있는 결과를 얻을 때마다 나는 연구자로서 기쁨과 성취감을 느낄 수 있었다.

건국대병원 황한성 교수와 이화여대 약대 곽혜선 교수, 그리고 서울대 김주한 교수와 함께 임산부 혈액 샘플에서 엑솜 시퀀싱으로 유전자형을 분석했다. 이는 조기 진통이 나타나는 산모의 유전자의 특징에 따라 자궁 수축 억제제의 주요 약제인 리토드린과 니페디핀의 반응성 및 합병증 예측 모델을 구축하는 것이었다. 이렇게 함으로써 임산부의 조기 진통 치료에 효과적이고 안전한 사용을 위한 개인 맞춤 약물 요법의 기반이 되었다.

특히 조산 예방 약제로 많이 사용되고 있는 프로게스테론 제제에 대하여 삼성서울병원의 최석주 교수와 함께 우리나라 최초의 IIT 연구인 VICTORIA 연구를 전국의 24개 병원에서 진행했다. 본 임상 연구는 세계 최초로 프로게스테론 질좌제(200mg/일)와 프로게스테론 근주(250mg/주) 요법을 비교하여 조산 예방 치료 지침을 수립했다.

이는 매우 중요한 근거를 확보한 것이었으며, 나아가 우리나라 모체 태아 의학의 발전된 수준을 전 세계적으로 알릴 기회가 되었다. 이 연구는 5년간 진행되었고 2019년에 『British Journal of Obstetrics and Gynecology』에 실렸다. 나는 이 논문으로 2022년에 한독학술상을 받을 수 있었다.

⟨KOPEN 출범식⟩

2014년에는 조산으로 분만하는 임산부의 특징을 조사하기 위하여 질병청의 과제를 수주하여 임산부 코호트 구축을 위한 표준 프로토콜을 개발했다. 또한 2016년에 전국 24개 병원을 연계한 임상 네트워크(KOrea Preterm collaboratE Network, KOPEN)를 구성하고, 조산의 위험이 있는 임산부 코호트를 구축하여 임상 자료를 수집했다.

이때 많은 조산 전문의 선생님들과 연구원 선생님들과 함께 표준 자료를 수집하기 위하여 국립보건원의 iCReaT 시스템을 이용한 전자 증례 기록 장치를 개발했다. 우리는 진료와 분만, 수술, 그리고 연구를 수행해야 하는 바쁜 시간을 쪼개어 개발에 집중력을 발휘했다. 저녁 시간에는 도시락 대면 미팅을 진행하고 이른 아침 시간에는 전화 회의를 하면서 표준 지침 개발에 몰두했다.

우리는 전국 임산부의 수면, 운동, 복용 약, 식사 습관, 음주, 흡연을 비롯한 설문 조사를 했다. 또한 이와 함께 임신 방법, 분만 횟수, 자궁 수축 제제 사용 여부, 신생아 분만 정보 등의 다양한 생활 습관과 임상 정보를 수집하고 분석했다.

이를 통해 수면의 질과 우울증 등이 조산의 위험 요인이라는 결과를 얻을 수 있었다. 이러한 결과는 KOPEN 레지스트리의 장기적인 운영이 국가 보건 통계자료와 예방 관리 대책 수립에 활용될 수 있다는 근거를 제공했다.

또한 전 세계적으로 인체 마이크로바이옴과 질병의 연관성에 관한 연구가 활성화되고 인공지능을 이용한 바이오 빅 데이터 분석 방법이 의료 기술에 도입되었다. 이에 따라 우리는 임산부 질 내 마이크로바이옴과 그들의 대사 물질인 대사체와 조산과 연관성을 연구하고자 했다.

우리가 발굴한 조산 관련 마이크로바이옴을 이용한 조산 예측은 임상에서 사용 중인 조산 예측 지표들보다 민감도가 20%나 상향 조정되었다. 그 유용성을 확장하기 위해 현재 진단 키트를 개발하는 회사와 함께 기계 학습 방법으로 조산과 관련이 있는 타깃 마이크로바이옴을 선발하여 진단 키트를 제작하고 있다.

더불어 우리가 대사체 분석을 통하여 발굴한 지표들은 그동안 해외 유수 연구 기관에서 발표했던 대사체 지표의 발굴과 일치했다. 우리는 그보다 더 진보한 연구로 혈액에서 레티노이드 관련 대사체들이 조산 산모에서 변이가 있다는 것을 확인하여 해외 특허를 출원했다.

이 외에도 그동안 우리 연구실에서 분석했던 임산부 질 마이크로바이옴 데이터를 국내외 연구자들과 공유하여 인종별, 나라별 질 마이크로바이옴 연구를 수행하고자 했다. 그리고 ㈜쓰리빅스와는 데이터베이스 구축과 데이터 분석, 그리고 시각화해서 보여 줄 수 있는 조산 플랫폼을 개발했다.

나는 임상과 고위험 임신에 관한 연구 수행을 하면서 대한산부인과학회, 대한모체태아학회에서 활동을 이어 오고 있었다. 그와 동시에 세계조산학회(Preterm Birth International Collaborative, PREBIC)의 이사와 아시아-오세아니아 지부장으로서 책임을 맡고 있었다.

특히 아시아-오세아니아 지부장으로서 활동하던 때인 2018년에는 국제적인 심포지엄을 서울에서 성황리에 개최하여 세계 유수의 연구자들과 함께 고위험 임산부 관리를 연구 내용을 교류했다.

2016년부터는 PREBIC의 국제이사로 활동하면서 미국 Texas 대학의 Menon 박사와 뉴욕 대학의 Zhong 등과의 교류는 내가 조산 연구를 지속하는 데 많은 도움이 되었다.

〈세계조산학회, 백범 김구 기념관, 2018년〉

배꽃에서 피워 온 김영주의 시간들

* 다음은 내가 수주한 조산 관련 연구 과제이다.

- 조산과 태아 손상 조기 진단용 바이오마커 및 맞춤형 조산 방지 약물 치료법의 개발, 보건복지부 저출산 대응 의료 기술 개발: 1,250,000,000원/5년 (2014-2019)

- 조산 위험 인자 및 관리 방안 도출을 위한 연구 프로토콜 개발, 질병관리본부: 40,000,000원 (2014.7-12)

- 조산 관리 지표 생산을 위한 다기관 공동 연구, 질병관리본부: 230,000,000원 (2016.6-12)

- 고위험 임신 예방-오믹스를 이용한 조산 및 반복 유산 바이오마커 개발, 보건복지부 저출산 대응 의료 기술 개발: 900,000,000원/3년 (2018-2020)

- 다중 오믹스 기반의 바이오 빅 데이터 딥 러닝을 이용한 조산 예측 모델 개발, 연구재단: 750,000,000원/3년 (2020-2023)

41

미세 먼지와 임신 합병증 관련성 연구

미세 먼지란 입자의 크기가 10um 이하의 대기 중에 떠다니는 흡인성 먼지를 말한다. 머리카락 굵기의 1/5 정도로 아주 작지만 임신부에게 미치는 건강 영향은 방대하다. 그뿐만 아니라 미세 먼지는 태반과 탯줄을 통해 태아에게까지 전달되어 아이가 태어난 후에도 전 주기에 걸쳐 요람에서 무덤까지 지속한다.

임신부는 대부분 시간을 실내에서 보내므로 주소지 기반의 GIS만으로 미세 먼지 노출 추정값을 유추하는 기존의 방법은 정확도가 떨어진다고 생각했다. 우리 연구진은 임신 초기, 중기, 말기 각각 최소 일주일 이상 실내 미세 먼지를 직접 측정할 수 있는 IoT 기기를 배부하여 직접 실내 미세 먼지 농도를 측정했다. 이와 주소지 기반의 실외 미세 먼지 농도를 임신부가 직접 작성한 시간 활동 일지에 비례하여 개인별 미세 먼지 노출 추정값을 이용하여 그 건강 영향을 평가했다.

그 결과 흥미롭게도, 임신부의 대사 지표에서 미세 먼지 농도 증가에 따른 연관성과 전체 임신 합병증의 증가율을 보였다. 이와 유사하게 태아의 성장 또한 미세 먼지가 높을수록 더 작은 키와 체중의 아이가 태어날 위험도가 증가했다. 이는 탯줄의 제대혈 내의 RNA 수준에서 일부 유전자가 미토콘드리아와 관련 활동을 조절하는 것임을 연구를 통해 밝혀냈다.

또한 체액성 면역 반응, 백혈구 이동, 외부 자극에 대한 반응 사이토카인 생성 및 ATP 대사 과정은 저농도 그룹에서 상향 조절되었는데 이는 16개 중금속의 복합 노출이 3분기 총 콜레스테롤과 중성지방 농도 증가와 상관성이 있는 것도 밝혀낼 수 있었다.

우리는 미세 먼지 영향 예측 인자 발굴 및 임신부 관리 지표의 개발을 위해 소변에서의 대사산물과 산화 스트레스 마커를 분석했다. 그 결과 여기에서 리보스(ribose), 아라비노스(arabinose), 자일로스(xylose) 세 가지의 오탄당이 초미세 먼지 농도가 높은 그룹에서 증가하는 것을 확인할 수 있었다.

그동안 미세 먼지 노출 구분 및 미세 먼지 노출에 의한 임신 관련 합병증 예측은 생화학 마커 개발을 통해 발병까지 파악하기 어려웠다. 그러나 우리는 이 연구를 기반으로 저체중아 출산, 조산, 임신성 당뇨 등의 임신 관련 합병증에 대해 빠르고 정확도 높은 예측이 가능한 특허를 출원하게 되었다.

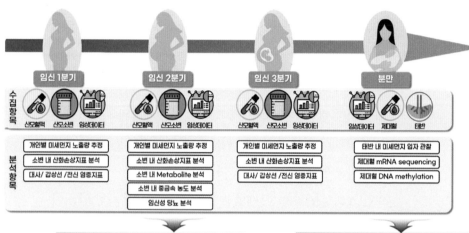

· 미세 먼지로 인한 pregnancy outcome 분석을 위한 임산부 연구
프로토콜 개발 및 pilot study, 질병관리본부: 40,000,000원/1년
(2020.6-12)

· 임산부에서 미세 먼지에 의한 임신 합병증 및 관리 지표의 개발, 질병
관리청: 900,000,000원/3년 (2021-2023)

배꽃에서 피워 온 김영주의 시간들

42
—
임산부 감염병 빅 데이터 센터의 구축

2019년 말, 코로나19로 인해 대한민국은 물론 전 세계가 팬데믹으로 봉쇄되고 감염병에 대한 두려움이 커지고 있었다. 하지만 임산부의 건강관리에 대한 정보는 그 두려움을 따라잡기에 역부족이었다. 그래서 우리 연구진은 전국 13개의 대학병원과 협업하여 촘촘한 인프라를 구성하고 전국에 유일한 '임산부 감염병 센터'를 구축했다.

우리는 본 센터를 통해 임신부에서 COVID-19 감염 정보, 대기오염 정보, 임상 정보, 및 분만 정보를 수집하여 위중증 요인과 임신 결과 분석을 이용한 감염병 진료 지침 및 정책 개발의 초석이 되고자 했다. 미래 사회 감염병 위험 인자 관리를 위한 임신부 데이터 수집 체계를 구축하고 나아가 데이터 개방을 통해 임신부 감염병 연구, 데이터 융합 및 신규 서비스 개발하고자 했다.

- 임산부 감염병 빅 데이터 센터, 한국정보화지능원:

910,000,000원/3년 (2022-2024)

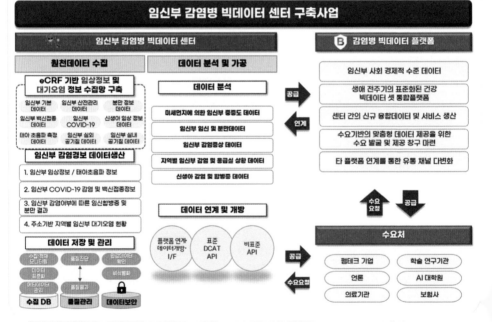

데이터 생산 체계

데이터 수집·가공·분석 통합관리·유통체계 구축

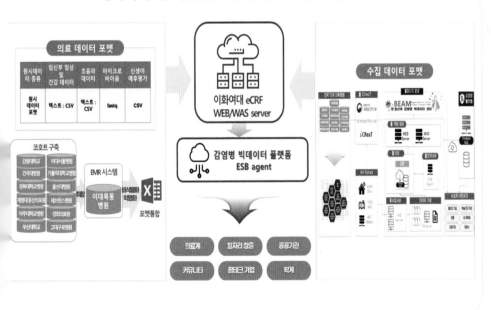

43
—
글로벌 연구 과제의 수주

대한민국은 지속적인 글로벌 연구 과제 사업을 지원하고 있다. 현재 글로벌 R&D 협력 체계를 통해 해외 연구 기관과의 연구 인력 교류, 공동 연구를 지원함으로 국내 연구 개발 역량을 강화하고 해외 선진 기술의 접목을 통해 글로벌 문제를 해결하고자 하는 것이다.

이와 더불어 나는 2023년 보건복지부 산하의 한국·영국 글로벌 바이오헬스 공동 연구 사업을 수주했다. 또한 영국 셰필드 대학과 국제적 조산 예측 마커의 고도화 및 조산 예방 치료제 개발을 시작하게 되었다.

태아 섬유 결합소, 자궁 경부 길이, CRP 염증 마커 등을 이용하여 조기 예측을 시행하고 있으나 조산의 원인은 매우 다양해서 정확한 예측이 어렵다. 그뿐만 아니라 국제적으로 사용할 수 있는 조산 예측 마커도 현재까지 존재하지 않는다.

그러나 나는 조산의 40% 이상이 감염의 결과로 발생하는 것에 착안하여 질 마이크로바이옴 대사체 및 단백체 멀티오믹스(Multiomics) 분석을 인공지능 기술 활용으로 조산 특이적 마커를 발굴했다. 이를 다인종 샘플에서 비교·분석하여 조산 예측 진단 방법의 국제화를 이루고자 한 것이다.

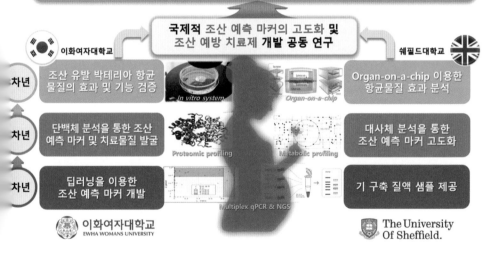

우리 연구팀은 한국 임산부 질액에서 조산을 예측할 수 있는 10종의 마이크로바이옴을 발굴했다. 또한 인공지능 기반 조산 예측 박테리아 위험 점수 모델링을 기구축하여 본 글로벌 과제에서 조산 예측 박테리아 위험 점수의 고도화로 국제화 진단 지표 실현을 목표로 하고 있다.

이것은 인종 간 질 환경을 특성화하고 조산 예측과 대응 방법을 신속히 결정하기 위한 조산 관련 타깃 대사체를 선정하여 다인종에서 조산의 효과적인 예방 관리를 위한 글로벌 연구이다. 자궁 경부 질액 단백체 프로파일링 분석 결과를 이용하여 조산 진단 마커와 후보 치료 물질을 선발하고 우리 연구팀이 개발한 여성 생식기 장기칩(Cervix-On-A-Chip)에서 치료 물질 효능 평가를 하고자 노력하고 있다.

한·영 글로벌 과제를 공동 수행하는 영국 셰필드 대학의 Dilly O Anumba 교수는 유럽을 대표하는 조산 연구의 권위자로 유명하다. 그는 나와 함께 국제조산공동연구회에 소속되어 있으며 매년 국제 심포지엄 및 콘퍼런스를 통해 교류를 지속하고 있다.

나는 국내·외 전문 그룹들과 연구에 필요한 정보를 교환하고 학문적 연계, 그리고 기존의 연구 결과의 심층 분석 등 활발한 활동을 수행하고 있다. 그뿐만 아니라 국제적인 협력이 가능한 연구에 관해서도 관심을 두고 연구 네트워크를 구성하여 과학적 교류를 진행하고 있다.

배꽃에서 피워 온 김영주의 시간들

- 인공지능을 활용한 멀티오믹스 분석 및 organ on a chip 분석 기반 고위험 임산부 관리를 위한 한·영 공동 연구, 보건복지부 한국보건 산업진흥원: 1,250,000,000원/2년 6개월 (2023-2025)

멋진 미래는 뛰어난 상상력과
그것을 현실로 만들겠다는 의지를 가진 사람들의
오늘 이 순간의 행동을 통해 만들어지는 것이다.

- 짐 론 『드림리스트』

PART 6

새로운 미래로 향하는
시간들

44

—

펨테크 융합 기술사업화 연구소의 설립

펨테크는 Female Technology의 합성어로 여성 특히 여성 건강과 관련된 모든 기술을 총칭한다. 산부인과 의사가 관심을 두는 여성의 건강 및 생애 주기 전반에 걸친 변화들이 모두 펨테크와 관련이 있다. 이 때문에 펨테크라는 키워드가 부상하기 이전부터 소위 내가 하는 진료 및 연구들이 모두 펨테크 관련 업무였다고 할 수 있겠다.

펨테크 융합 기술사업화 연구소의 설립은 몇몇 펨테크 기업 여성 대표들과의 미팅으로 시작되었다. 나는 여성 생리 용품을 주로 다루는 기업인 해피문데이의 김도진 대표, 건강한 월경 관리를 위한 기업 달채비의 당시 정주원 대표와 만날 기회가 있었다. 미팅을 해 보니 젊은 여성 대표들은 여성의 생리 문제를 소신 있게 다루고 싶어 했다.

 그것은 어쩌면 사회적으로 당당하게 이야기하기 어렵고 공개하기 꺼렸던 주제였을 것이다. 그런 생리 문제의 솔루션을 개발해 보자는 그들의 모습이 퍽 당차고 빛나 보였다. 나로서는 그들을 도와 여성 건강과 관련된 기술 개발에 관심을 가질 수밖에 없었다. 게다가 여성 건강의 대표 주자인 이화의료원이 이러한 기술을 선도해야 한다는 사명감도 느끼게 되었다.

 그날을 기점으로 우리는 펨테크라는 키워드를 살려 산학연병의 네트워크를 결성했다. 펨테크 컨소시엄이라는 심포지엄을 열었고 투자사를 포함하여 많은 이들의 이목을 끌었다. 그러나 안타깝게도 여러 가지 이유로 국내 투자 시장이 많이 위축되었고 그 때문에

〈펨테크 컨소시엄 발대식 및 기념 세미나〉

적극적인 움직임을 보이던 기업들은 자신들의 회사 유지에 급급하게 되었다.

이러한 문제를 개선하고 회복시키고자 나는 이화의료원 산하에 펨테크 기술사업화 연구소를 설립했다. 의료원 자체적으로, 또는 관심 있는 기업들과 병원을 연결해 보려는 의도에서 연구소를 설립하게 된 것이었다.

펨테크 연구소의 소장은 내가 맡고 부소장은 박선화 선생님, 임원으로는 유영아 박사(운영이사)와 전선곤 대표(기획이사) 등이 맡았다. 연구의 주제는 여성 건강을 위한 펨테크와 관련된 산학연병 네트워크를 통한 기초 및 임상 연구의 수행과 디지털 치료제의 안전성 및 유효성을 입증하는 것이었다.

펨테크의 시작은 2022년 8월에 김도진 대표 등과 함께 펨테크 컨소시엄 발대식 및 기념 세미나를 개최하면서 출발했다. 이 발대식에는 50여 명의 학계, 의료계, 산업계 및 투자계의 위원들이 함께 모여 심도 있는 토론과 향후의 발전 방향에 대하여 의논했다.

2023년 2월에는 펨테크 융합 기술사업화 연구소 개소 기념 심포지엄을 진행했다. 이 심포지엄은 스케일업파트너스, 에스와이피, 인클리어 및 다래전략사업화센터가 후원했다. 행사는 모두 3부로 진행이 되었으며 나와 전선곤 대표, 박순희 대표가 좌장을 맡고 70여 명의 회원들이 참여하여 열띤 토론을 했다.

개소 2주년 기념 심포지엄은 24년 2월 22일 이대목동병원 10층 대회의실에서 열렸다. 80여 명의 회원이 참석하여 성황리에 개최되었으며 『헬스조선』에는 다음과 같은 기사가 실렸다.

"펨테크 분야 전문가, 한자리에 모여 산업 발전 논의"

이화의료원, 펨테크 디지털·바이오 헬스케어 심포지엄 성료. 펨테크 공동 연구 사례 및 국내 유망 펨테크 기술 소개.

이화여자대학교 의료원 이화의생명연구원이 지난 22일 이대목동병원 MCC B관 10층 대회의실에서 펨테크 디지털·바이오 헬스케어 심포지엄을 개최했다.

지난 2023년 2월 펨테크 융합 기술사업화 연구소 개소 이후 1주년을 기념해 열린 이번 심포지엄에서는 펨테크 분야 전문가들이 모여 공동 연구 사례 및 국내 유망 펨테크 기술을 소개했다.

먼저 글로벌 펨테크 연구의 대가인 하버드 의대 허준렬 교수의 줌(Zoom) 강의를 시작으로 1부에서는 '펨테크 라이프 케어'를 주제로 박선화 펨테크 융합 기술사업화 연구소 부소장(이대목동병원 산부인과), 최인희 박사(한국여성정책연구원), 황도식 교수(연세대), 임국진 대표((주)프로티아)가 강의를 진행했다.

배꽃에서 피워 온 김영주의 시간들

박순희 바이오웨이브W 대표가 좌장을 맡는 2부에서는 '펨테크 디지털·바이오 기술사업화'를 주제로 박상영 수석((주)뉴로소나), 홍성태 대표(애드에이블), 박준형 대표((주)쓰리빅스), 김선미 박사((주)티움바이오), 박순희 대표(바이오웨이브W)의 강연이 이어졌다.

3부는 전선곤 테크비즈랩 대표가 좌장을 맡아 '펨테크 디지털·바이오 라이프케어'를 주제로 김영주 펨테크 연구소장, 이태규 대표(스케일업파트너스), 서경훈 대표(이앤에스헬스케어)의 패널 토의가 이뤄졌다.

스케일업파트너스의 이태규 대표는 "아직은 바이오 시장이 어둡고, 펨테크 산업이 뚜렷한 두각을 나타내지 않아 안타까웠는데 오늘 심포지엄을 통해 펨테크 산업 발전의 가능성을 확인했다"라고 말했다. 이앤에스헬스케어 서경훈 대표도 "해당 산업 종사자로서 오늘과 같은 교류의 장이 열려야 새로운 아이디어를 창출하고 더 나은 기술 발전이 가능할 것이다"라고 했다.

이대목동병원 산부인과 교수이자 펨테크 융합 기술사업화 연구소장인 김영주 소장은 "이번 심포지엄은 펨테크 디지털·바이오 헬스케어 분야에 종사하는 다양한 분야의 전문가를 위한 교류의 장은 물론 펨테크 산업을 촉진하는 계기가 됐다"라고 말했다.

<출처> https://health.chosun.com/site/data/html_dir/2024/02/29

45

유로진(UroGyn)
유효성평가센터와 이화의생명연구원장

2022년 12월 14일, 제7차 이화메디테크포럼(의대·공대 간 연구력 향상 및 교원 창업을 위한 미래 전략 워크숍)이 이대 본교의 ECC 극장에서 개최되었다. 이 포럼에 우리는 보건산업진흥원 센터장을 초청했고 2023년 보건산업진흥원의 과제에 대한 설명을 들었다.

우리는 '유로진(UroGyn) 유효성평가센터'의 과제가 2023년에 공개된다는 중요 정보를 그 발표를 통해 알게 되었다. 그 사실을 확인하자 나는 준비를 철저히 하여 연구 중심 병원의 기초를 다져야겠다는 결심을 했다.

2023년 1월에 정성철 교수님으로부터 몇 가지 조언을 얻고 우리는 유로진(UroGyn) 유효성평가센터 과제에 응모하기 위한 전략을 미리 구상하기 시작했다. 나는 기존에 있던 유효성평가센터를 직접 방문하여 현장의 운영 방식이나 구체적인 시스템을 확인하며 식견을 넓혔다. 또한 각 센터장님을 초청하여 강의를 듣기도 하고 공동 기관으로 켐온을 소개받아 유의미한 정보를 얻기도 했다. 그렇게 몇 개월 동안 피땀을 흘리듯 과제 준비를 해 나갔다.

드디어 제안서를 잘 마무리했고 제출만 남게 되었다. 그런데 제출하기 전날 다시 꼼꼼하게 검토해 보니 채워야 할 내용과 아쉬운 부분이 많아 그대로 제출하기에는 부족한 상황임을 알게 되었다. 그 제안서를 보자 나는 아연실색을 할 수밖에 없었다. 미처 발견하지 못했던 심각한 오류와 추가해야 할 내용이 생각보다 너무 많았기 때문이었다.

우리에게 제출 마감까지 남은 시간은 길어야 겨우 7시간뿐이었다. 나와 이후정 부원장, 김정은 파트장, 오세영 박사, 전대룡 박사, 곽은비 씨, 진보라 씨는 제출 당일 새벽까지 오류 부분을 수정하고 중요 내용을 추가하는 데 온 힘을 쏟았다. 눈에 실핏줄이 터진 것도 모를 정도로 심혈을 기울인 끝에야 비로소 원하던 수준의 제안서로 수정할 수 있었다.

우리는 부랴부랴 겨우 시간 내에 제안서를 제출했다. 안도의 마음이 들자 다리에 힘이 풀리며 온몸의 진이 모두 빠져 버리는 기분이었다. 그러나 제안서를 제출하는 것만으로 모두 끝난 것은 아니었다. 더 중요한 평가 발표가 기다리고 있었다.

발표를 맡은 김청수 센터장님은 빽빽한 수술 스케줄과 외래 진료 때문에 발표 전날까지도 슬라이드를 확인할 틈이 없는 상황이었다. 그러나 센터장님을 도와서 나는 발표 준비에 온 힘을 다했다. 김청수 센터장님은 아산병원에서 우리 병원으로 스카우트되어 비뇨기병원의 전립선암 센터장으로 오신 분이었다. 그런데 나의 우려와는 달리 아산병원에서 연구원장을 하신 경험이 있어서인지 막상 평가 발표를 시작하자 아주 유창하고 멋지게 해내셨다.

드디어 2023년 6월, 결국 우리는 유로진(UroGyn) 유효성평가센터(90억/5년)를 수주할 수 있었다. 처음에는 빅5에 해당하는 분당서울대병원, 가톨릭대, 경희대 등 우수한 병원이 함께 경쟁하는 상황이어서 탈락할지도 모른다는 염려가 있었다.

그러나 막상 뚜껑을 열고 보니 아주대병원, 우리 병원과 서울대병원이 선정되었다. 또 한 번의 쾌거가 아닐 수 없었다. 그간의 고생과 조바심으로 인해 쌓였던 체증과 스트레스가 한꺼번에 사라지는 기분이었다.

특히 센터 수주와 관련하여 특별히 재미있는 에피소드가 있었다. 제안서 발표 당일 이후정 부원장, 김청수 센터장과 함께 발표장에 갔다. 무사히 발표를 마치고 점심 식사 시간이 되자 이후정 부원장이 전날 밤 꾸었다는 꿈 이야기를 들려주었다.

"원장님, 어제 제가 꿈을 꾸었는데 우리 집 화장실 변기에서 정말 끊임없이 대변이 넘쳐서 나오고 또 나오는 꿈을 꾸었어요."

나는 크리스천이어서 꿈을 그다지 신뢰하진 않았지만 누가 들어

배꽃에서 피워 온 김영주의 시간들

도 그 꿈은 대박이 나거나 좋은 일이 생길 것을 암시하는 느낌이 들었다. 만일 그 꿈 덕을 본다면 잘 될 수도 있겠다는 희망을 품었다.

그날 유로진(UroGyn) 유효성평가센터 과제는 오전 10시에 최종 채택 여부의 발표가 있었고, 내가 별도로 진행했던 한국-영국 글로벌 바이오헬스 공동 연구 사업 과제(12억 5,000/3년)는 오후 2시에 있었다. 나는 그날 두 과제를 모두 수주했고 100억 원 이상의 연구비를 확정 지원받게 되었다.

유로진(UroGyn) 유효성평가센터는 이대목동병원이 보건복지부가 공모한 '2023년 성장형 질환유효성센터 구축 사업' 대상으로 선정됨에 따라 향후 5년간 2027년까지 보건복지부로부터 연구비 총 90억 원을 지원받는 사업으로 구축하게 되었다.

이대비뇨기병원을 통한 비뇨기 질환 전문성과 이대여성암병원 개원 이후 여성 질환의 진료와 연구의 역량을 바탕으로 마련된 e-ENERGY(Early iNtervention for Efficacy to Regulatory as a GatewaY) 플랫폼을 기반으로 하여 비뇨기 및 여성 질환에 특화된 글로벌 수준의 유효성평가센터를 구축할 계획이다.

성장형 유로진(UroGyn) 유효성평가센터는 2027년까지 5년 동안 비뇨기 및 여성 질환 대상으로 발굴된 의약품과 의료 기기에 대한 유효성 평가 시험의 서비스를 제공하게 된다. 연구를 통해 발굴된 의약품과 의료 기기들을 전(前) 임상 단계에서의 효능 평가의 서비스를 제공하며, 서비스의 전(全) 주기 동안 임상 의사들의 자문이 지속적으로 투입되어 전문적이고도 체계적인 서비스를 제공할 예정이다.

전립선암과 전립선 비대증 치료 분야 국내 최고 권위자이신 김청수 교수님께서 이 사업의 연구책임자이자 센터장으로 활약하신다. 2023년도에 박성은 사무국장과 유환열 팀장이 합류하여 유로진(UroGyn) 유효성평가센터의 시험 평가를 위한 준비를 시작했다. 이어 곽은비 연구원, 천호진 연구원이 합류하여 실험 분야와 행정지원 분야를 강화했다.

현재 사업 2년 차로 시험 분야의 전문 인력들을 충원 중으로 시험 평가 서비스의 질적 양적 향상을 도모하고 있다. 시험 의뢰 기업들에 상담과 자문을 통해 경쟁력 있고 신뢰성 있는 유효성 평가가 이루어지도록 활동하고 있다.

우리는 성장형 유로진(UroGyn) 유효성평가센터를 통해 우수한 연구 성과와 기술을 보유한 기업들이 글로벌 경쟁력을 갖추고 성장할 수 있도록 전 임상 단계의 효능 평가 서비스를 제공한다. 더불어 전 임상 단계의 전략 수립과 사업화와 투자 유치 지원, 인·허가 전략 수립 지원까지 전 주기 서비스를 수행할 예정이다. 이를 통하여 국내 신약과 의료 기기 개발 연구 성과가 사업화로 이어지도록 발판을 제공하고자 하는 것이다.

2022년 6월부터는 목동병원 의료기술협력단의 구성원으로 이후정 부원장이 함께 합류했다. 이로써 이화의료원 내에 이화의생명연구원으로 한층 연구 조직이 커질 수 있었다. 처음 내가 의료 기술협력단을 맡은 시기인 2021년 7월에는 연구 조직의 구성원이 팀장 1명과 김정은 선생님, 곽은비 선생님이 전부였다.

그러나 2022년 12월 이화의생명연구원으로 확대되면서 매주 수요일에 진행하는 주간 회의 시간에는 20여 명 이상이 참여하는 모임으로 확장되었다. 미팅 시간의 활기와 열정은 보는 것만으로도 보람과 뿌듯함을 느낀다. 이와 더불어 의료원과 의과대학의 연구비와 연구 논문의 증가 폭은 놀라울 정도로 상승했다.

유로진(UroGyn) 유효성평가센터에 도움을 주신 이화의료원의 산학협력교수인 우정훈 대표와 황만순 대표에게 감사의 인사를 드린다.

〈이화의생명연구원 팀과 함께, 2024년〉

46

글로벌 이화,
Medi Healthcare Cluster의 시작

2019년 마곡 지구에 이대서울병원이 개원한 이후로 서울경제
진흥원과 이대서울병원의 연구부는 마곡 밸리에 있는 BT, IT 기업
들과 임상 의사들과의 협업을 시작했다. 협업을 통한 공동 연구 활
성화를 꾀하기 위하여 다양한 형태의 연구 미팅을 진행한 것이었
다. 코로나가 유행하는 시기(2020-2023)에는 줌 미팅으로 산학연병
네트워크 활성화를 시도했다.

2023년에는 디지털 헬스케어, 재생 의료 및 펨테크 등 차세대
핵심 보건 의료 분야별로 전문가를 초청하여 오픈 세미나를 개최
했다. 마곡 산업 단지 내 산학연병간 공동 연구 협력 기반을 마련
하고 상생 협력을 모색하는 네트워크의 장을 마련하고자 한 것이
었다.

2023년 12월 12일, 이대서울병원 지하 2층 대강당에서는 제8차 이화메디테크포럼이 개최되었다. 포럼에서는 100여 명의 참가자가 모여 '이화 메디 헬스케어 클러스터의 현재와 미래'라는 제목으로 열띤 토론을 3부에 걸쳐 진행했다. '이화 메디 헬스케어 클러스터'는 원래 김은미 이화여대 총장님이 총장 선거에 출마하면서 공약으로 내세운 부분이었다.

이화여대의 자연대, 약대, 공대, 인문대, 사회대 등의 신촌 캠퍼스와 이대목동병원 그리고 이대서울병원과 의과대학을 함께 아울러 이화여대 전체의 산학연병 네트워크를 활성화하는 것이 목표였다. 여기에 더 나아가 미국 보스턴의 하버드 대학과 기업 간의 클러스터처럼 국제적으로 도약해 나간다는 개념을 담고 있다.

〈제8차 이화메디테크포럼〉

클러스터의 현재

이화여대-의과대학-이화의료원의 산학 협동·사업화를 이끄는 주체

〈이화 메디 헬스케어 클러스터의 현재〉

더불어 마곡 M-valley를 지원하는 서울경제진흥원(SBA)이 함께 협력하는 것이 필요하여 하은희 의대 학장님과 재생줄기세포연구단의 조인호 단장님, 2024년에 새로 임명된 이향운 의생명연구원 장과 내가 함께 모여서 이화 메디 헬스케어 클러스터의 미래에 대한 심도 있는 토론을 진행하고 있다. 나의 꿈은 이 클러스터를 확장하여 의대, 약대, 공대, 자연대, 인문대, 사회대를 아우르고 더 나아가 글로벌 이화 Medi Healthcare Cluster로 나아가는 것이다.

배꽃에서 피워 온 김영주의 시간들

47
—
세쌍둥이센터와 이대목동병원의 재건

2017년 12월에 겪었던 신생아실의 어려운 상황 후에 이대목동병원 모자센터의 신생아 숫자는 급격히 줄어 갔다. 가뜩이나 심각한 저출산으로 병원의 이미지 실추는 회복의 가능성이 없어 보였다. 분만실 회진을 돌 때마다 불과 몇 년 전 아기의 울음소리가 우렁차게 들리던 그 시절이 매우 그리워졌다.

2년 전쯤 어느 날, 유경하 의료원장님이 나를 의료원장실로 부르셨다. 의료원장님은 "선생님, 우리 병원 산과에 전종관 선생님을 모시고 와도 될까요?"라고 물으셨다. 전종관 선생님은 내가 전임의 시절부터 잘 알던 분으로 세쌍둥이 클리닉의 대가셨다. 유명한 TV 프로그램 등의 방송에도 여러 번 출연하신 경력이 있으셨다.

나는 우리 병원의 사정상 그만한 분이 오셔야 달라질 수 있다고 판단되어 의료원장님께 매우 좋다고 말씀드렸다. 물론 우리 산부인과 내에서 모든 선생님의 찬성이 있었던 것은 아니었다. 그럼에도 불구하고 의료원장님과 나의 신념에는 변함이 없었다.

2023년 여름에 전종관 선생님이 2024년 3월부터 목동병원으로 오기로 하셨다. 선생님은 정년 퇴임을 앞두고 6개월 먼저 이동하는 것이라서 명예 퇴직 후에 오시겠다고 말씀하셨다. 우리는 신생아실 선생님을 비롯하여 모자센터와 신생아실의 인력 충원을 진행했다. 그리고 박선화 선생님과 허영민 선생님의 도움으로 세쌍둥이 센터를 잘 세팅할 수 있었다.

그렇게 준비를 마치고 2024년 3월 5일 아침 9시, 이대목동병원 수술실 5번 방에서는 세쌍둥이(태반이 한 개에 양막이 세 개인 세쌍둥이)가 건강하게 태어났다. 나도 손을 보태려고 들어갔는데 수술 전에 준비하는 의료진의 숫자가 30여 명이나 되었다.

감개가 무량한 날이었다. 이로써 나는 이대목동병원이 그 어려운 터널을 무사히 건너고 있음을 실감했다.

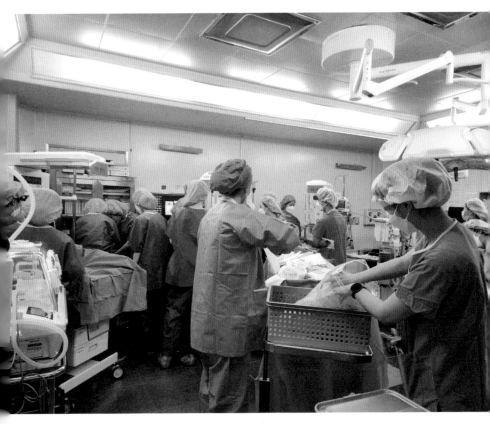

〈수술을 준비하는 의료진들〉

48
—

목동과 마곡에서 신촌을 품는 나의 특별한 꿈

어렸을 적 그네를 타던 소녀의 꿈은 이제 목동과 마곡을 거쳐 신촌으로 향한다. 나는 어려서부터 세상에 쓰임이 있는 삶을 살고 싶다는 꿈을 꾸었다. 처음엔 의사가 되는 것이었고, 그것을 이룬 시점부터는 더 큰 꿈을 꾸게 되었다. 그것은 내가 꿈꾸던 새로운 이화를 위한 것이었다.

지금까지 나는 어떤 운명 같은 이끌림으로 나의 삶에 최선을 다하며 살아왔다. 이 세상에 열정 없이 이루어지는 위대한 결과가 없음을 누구보다 잘 알기 때문에 나 역시 내가 꿈꿔 오던 삶을 실현하고 싶었다. 감사하게도 그런 노력과 도전은 나의 인생을 흥미롭고 의미 있는 시간으로 만들어 주었다. 그리고 지금 나는 그 꿈을 이루기 위해 한 걸음 더 앞으로 나아가고 있다.

배꽃에서 피워 온 김영주의 시간들

곳곳에 산수유와 매화가 꽃을 피우며 봄을 알리던 지난 3월 어느 날, 나는 약대 선생님 몇 분을 만나기 위해서 오래간만에 약대 건물을 방문했다. 약대는 1982년 내가 의학과 2학년이던 때에 자주 드나들던 그 건물 그대로 변함이 없었다. 건물로 들어서서 계단을 올라가자 삐걱거리는 소리가 들리는 것 같았다.

40년 전, 비가 추적추적 내리는 밤에 해부학 실습을 하던 그 실습실도 그대로였다. 첨단의 선봉에서 새로운 학문을 가르치고 연구해야 할 장소가 너무 낡고 오래되어서 안타까운 마음이 앞섰다. 약대 선생님들은 새로운 건물과 새로운 강의 환경이 필요하다는 소중한 말씀을 건네주셨다.

지난 2월에 열린 동계교수회의에서는 2027년 10월경에 완공될 West Campus에 대한 의견이 제시되었다. 특히 약학대학, 생활환경과학대학, 간호대, 공대 선생님들은 신축 환경의 필요성과 바람을 이구동성으로 이야기하셨다. 세월을 비껴갈 수 없는 오래되고 열악한 건물에서 벗어나는 것이 무엇보다 시급한 상황이라고도 하셨다.

그분들의 소망은 West Campus가 2027년 새 단장을 하는 것이었다. 하루라도 빨리 최고의 설비와 함께 교육 및 연구 환경을 마련하고 싶어 하셨다. 그것은 2019년에 목동병원 의학관에 있던 의과대학이 마곡 서울병원으로 이사 갔을 때, 동물실과 연구소가 새롭게 세워지길 바랐던 나의 간절함과도 일치했다. 나는 그날 만났던 약대 선생님들의 소망이 마치 나의 일처럼 여겨졌다.

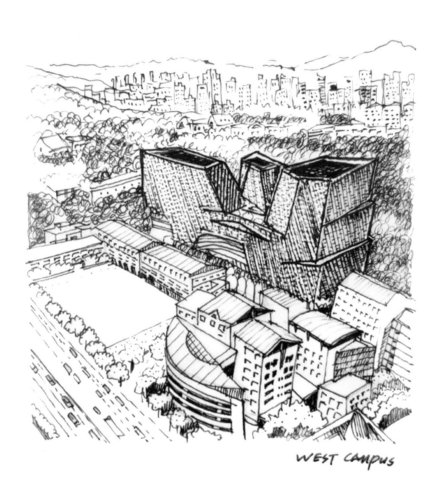

WEST CAMPUS

배꽃에서 피워 온 김영주의 시간들

1985년부터 나는 오랜 시간 꿈을 꾸었고 나의 꿈은 늘 90% 이상 이루어져 왔다. 이제 그 특별한 꿈은 목동과 마곡을 넘어 신촌으로 향하고 있다. 신촌에 세워질 West Campus는 우리 이화인의 자부심이며 미래가 될 것이다. 아름답고 위용 있는 건축물에 우리가 키워야 할 미래의 인재와 이상과 모든 꿈이 함축될 것이다.

과거의 이화는 한국 여성들의 꿈과 지성의 전당이었으며 여성 인재, 여성 리더의 산실이었다. 그러나 이제 미래의 이화는 국제적 수준의 품격과 위상을 갖춘 여성 교육과 연구의 중심이 되어 인류 사회에 공헌하는 중심축이 될 것이다. 급속한 세상의 흐름과 변화의 중추에서 여성의 핵심 역할을 빛내고 미래 연구의 생태계를 갖추는 여성 배움터로 바로 서게 될 것을 나는 확신한다.

이제 이화에도 중요한 변화의 시기가 다가왔다. 시대는 너무나 빠르게 변해 가고 있으며 기존의 사고방식과 기준으로는 여성 선구적인 미래 이화를 만들기 어렵다. 바람직한 이화의 역할을 위해서 변화의 경계를 허물고 세상을 초연결하려는 넓고 깊은 사고의 혁신이 필요하다.

남들은 날아가고 있는데 아직도 이화의 속도가 느리다면 그것은 이화의 장래를 어둡게 할 것이다. 지금 우리에게 남은 과제는 그 미래를 개척하고 이끌어 가기 위한 적극적인 노력이다. 이화의 정신을 이어 신(新)미래의 이화를 세우도록 마음을 모아야 할 시점이다.

미래형 이화를 완성하고 나의 꿈을 실현하는 것에 나는 이화의 모든 구성원과 함께 최선의 노력을 기울일 것이다. 지금 그 열망이 나를 목동과 마곡을 넘어 신촌으로 향하게 한다.

배꽃에서 피워 온 김영주의 시간들

1판 1쇄 발행 2024년 6월 1일

지은이	김영주
그림	방명세
발행처	도서출판 혜화동
발행인	이상호
편집	이희정
주소	경기도 고양시 일산동구 위시티 3로 111
등록	2017년 8월 16일 (제2017-000158호)
전화	070-8728-7484
팩스	031-624-5386
전자우편	hyehwadong79@naver.com

ISBN 979-11-90049-44-3 (03810)

・책값은 뒤표지에 있습니다.
・잘못된 책은 바꾸어 드립니다.